세이 Sei
수 속성을 다루는 강력한 마법사. 새해 연휴에
귀성했다. 이번 센스 확장 퀘스트에서는 윤, 뮤우,
타쿠와 파티를 맺게 된다.
Only Sense
온리 센스 온라인
Online
11
아로하자초 지음
유키상 일러스트
천선필 옮김

[치유버섯]이 있네!
윤은 마이페이스구나
윤 Yun
[아트리엘]을 경영하는 생산직 플레이어.
센스 확장 퀘스트에서는 껄끄러운 보스전을
연달아 벌이게 되어서 애를 먹는다.

타쿠 Taku
무기 수집이 취미인 쌍검사.
체내 던전에서 만난 대장장이 NPC에게
새로운 무기 제작을 의뢰하는데——
"타쿠 씨하고
잡은 숫자는 동점!
저 와이번 두 마리를
쓰러뜨리면
내가 앞서나가겠네!"
"그렇게 될 것 같아?
내가 먼저
쓰러뜨려주지!"
뮤우 Myu
한 손 검과 백마법을 사용하는 성기사.
새해의 소원은—— '레벨을 올려서 강적과
싸울 수 있기를!'

새해 복 많이 받으세요!

온리 센스 온라인
11

아로하자초 지음 | 유키상 일러스트 | 천선필 옮김

커버 그림, 본문 일러스트 | 유키상

Only Sense Online

세 개의 시련과 확장 센스

윤 Yun

최고로 인기 없는 무기 [활]을 택해버린 초심자 플레이어. 수습 생산직으로서 부가 마법이나 아이템 생산의 가능성을 깨닫기 시작하고 ―――

뮤우 Myu

윤의 리얼 여동생. 한 손 검과 광 마법을 다루는 성기사로 완전 전위형. 베타판에서는 전설이 될 정도의 치트급 플레이어.

마기 Magi

톱 생산직 중 한 명으로 플레이어들 중에서도 유명한 무기 장인. 윤의 든든한 선배로 충고를 해준다.

세이 Sei

윤의 리얼 누나. 베타판부터 플레이어한 최강 클래스의 마법사. 수 속성을 주로 다루고 모든 등급의 마법을 구사한다.

타쿠 Taku

윤을 OSO로 끌어들인 장본인. 한 손 검을 다루고 경갑옷을 장비하는 검사. 공략에 애쓰는 정통파 플레이어.

클로드 Cloude

재봉사. 톱 생산직 중 한 명으로 의복류 장비품 가게의 주인. 윤이나 마기의 오리지널 장비 클로드 시리즈를 만들었다.

리리 Lyly

톱 생산직 중 한 명으로 일류 목공 기술자. 지팡이나 활 등의 수제 장비는 많은 플레이어에게 인기를 얻고 있다.

서장　새해와 무녀복

섣달 그믐날 당일. 새해맞이 메밀국수를 재빨리 먹어치운 뒤 쉬고 있을 때——.

"오빠, 심심해! 질렸어! 뭐라도 하자!"

"뭐라도 하자니, 뭘 할 건데. 오늘 같은 날 정도는 느긋하게 지내고 싶거든."

"자자, 미우. 여기 귤."

우리는 집 안의 코타츠에서 느긋하게 지내고 있었다.

코타츠 테이블에 턱을 얹고 있던 미우는 입을 아앙 벌리고는 시즈카 누나가 까준 귤을 먹여달라 하고 있었다.

나는 그런 미우와 시즈카 누나를 보고 모녀 새 같다는 생각을 하며 내가 깐 귤을 먹었다.

"그런데 정작 연말연시가 바쁘면 미우도 기쁘진 않을 거 아냐?"

"그렇긴 하지. 그래도 다들 연말연시는 바쁘대. 친척들에게 인사를 하러 다니거나 가족들하고 지내느라."

"그렇게 생각하니 우리가 특이한 건가? 아버지하고 어머니는 데이트하러 나가셨으니까."

맞벌이를 하시는 우리 부모님께서는 두 분 다 함께 쉬실 때 데이트를 하러 가실 때가 많다.

두 분 다 즐겁게 지내고 계시겠지, 나는 그렇게 생각하면서 두 번째 귤을 향해 손을 뻗었다.

"아~, 루카네하고 놀고 싶은데~."

"그러고 보니 미카즈치도 이것저것 하느라 바쁘다고 했었지."

기지개를 켜면서 뒤로 털썩 쓰러진 미우와 볼에 손을 대고 중얼거리는 시즈카 누나.

크리스마스라서 집에 온 시즈카 누나가 OSO에서 길드 [팔백만]끼리 활동하지 않고 미우와 파티를 맺는 경우가 많았던 이유가 그거였구나, 이해가 된다.

"아~! 심심해, 심심해! 루카네가 없으니까 심심해!"

"떼쓰지 마. 그럼 OSO 안에서 첫 참배라도 가면 되잖아."

"그거야!"

하늘을 보고 드러누워 있던 미우가 갑자기 윗몸을 일으키며 나를 손가락으로 가리켰다. 아니, 이놈, 삿대질 하지 마.

"저기! 첫 참배 가자! OSO 안에서! 교회가 있으니까!"

"그래. 그리고 새해 업데이트도 있을 테니까 새해는 OSO 안에서 맞이하는 것도 괜찮을지 모르겠네."

"앗싸아!"

"그래? 아니, 첫 참배를 그렇게 해도 되는 거야?"

시즈카 누나가 미소를 지으며 미우가 한 말에 맞장구를 치는데, 나는 첫 참배를 그렇게 해도 되는 건지 고개를 갸웃거렸다. 두 사람이 진짜로 노리는 건 새해 업데이트 쪽 아닐까.

"후리소데 입고! ……그건 힘들지도 모르겠지만! 교회로 참배하러 가자!"

교회는 기도하는 곳일 것 같은데, 그렇게 태클을 걸고 싶지만 들뜬 미우를 보니 왠지 아무래도 상관없을 것 같다는 기분이 든다.

그리고——.

"이렇게 추운데 진짜로 참배하러 가는 것보다는 나으려나."

코타츠 안에서 두 손을 데우려는 듯이 비비면서 바깥의 추위를 상상하고 몸을 떨었다.

"그럼 만날 곳은 대성당 앞이야. 나는 먼저 가 있을게."

"나도 미우하고 같이 먼저 로그인할게."

그렇게 말하며 기지개를 쭉 켠 시즈카 누나도 미우 뒤를 따라 자기 방으로 향했다.

"그래, 그래. 나도 나중에 갈 테니까."

두 사람이 떠난 뒤 나도 느릿느릿 일어서서 조용히 중얼거렸다.

"뭐, 교회에 들렀다가 돌아오기만 하는 거니까…… 금방 끝나겠지."

나는 코타츠 전원을 끄고 코타츠 위에 놓여 있던 귤껍질을 버린 뒤 내 방으로 향했다.

방으로 돌아온 다음 난방을 켜고 VR 기어를 장착한 뒤 침대에 드러누웠다.

나는 빨려드는 듯한 로그인 특유의 느낌에 몸을 맡기고,

어둠으로 의식을 가라앉히며 OSO 세계에 로그인했다.

●

항상 그랬듯이 [아트리엘] 공방에 내려선 나는 곧바로 가게 바깥으로 나와 뮤우, 세이 누나와 만나기로 한 장소인 대성당을 향해 가기 시작했다.

가던 도중에 지나친 제1의 마을 동서남북 큰길에는 꽤 많은 플레이어들이 로그인해 있었다.

"연말인데 꽤 많이들 로그인했네."

그렇게 많은 사람들로 인해 깜짝 놀라면서 OSO에 처음 로그인해서 뮤우, 세이 누나와 만났던 곳도 대성당 앞이었다는 사실이 떠올랐다.

지금 내 주위에 있는 플레이어들은 다들 한결같이 대성당 쪽을 향해 걸어가고 있다.

"다들 생각하는 건 마찬가지인가?"

나나 뮤우처럼 한가한 플레이어들이 아는 사람을 모아서 대성당에 첫 참배를 하러 가고, 큰 길에서 음식과 자잘한 물건들을 파는 노점상 플레이어들이 장사할 기회를 잡은 것이다.

마치 신사의 첫 참배에 맞춰 가게를 낸 노점 같았다.

나는 그것들을 힐끔거리며 보다가 OSO에 처음 로그인했을 때와 같은 곳에서 뮤우와 세이 누나를 발견했다.

"뮤우, 세이 누나, 기다렸어?"
"아니. 방금 왔어, 윤 언니!"
"우리도 방금 합류한 참이야. 그런데……."
세이 누나가 대성당 쪽을 보니 활짝 열린 대성당 대문 앞에는 플레이어들이 길게 늘어서 있었다.
다들 생각하는 게 마찬가지라 그 줄에 서 있다가는 참배하기 전에 새해가 되어버릴 것 같았다.
"저기, 윤, 뮤우. 나는 사람이 좀 빠지고 난 다음에 다시 오는 게 괜찮을 것 같은데, 어때?"
"나도 다른 곳에서 적당히 시간을 때우고 오는 게 나을 것 같아."
"나도 찬성~! 그럼 가자! 윤 언니! 세이 언니!"
"뮤우, 나를 언니라고 부르지 마. ……정말, 어쩔 수 없네."
나는 한숨을 쉬면서 뮤우에게 손을 잡힌 채 대성당 앞을 떠났다.
섣달 그믐날, OSO에는 이곳저곳에 플레이어들이 마련한 흥미로운 것들이 있었다.
음식 노점에서 군것질을 하다 보니 작년 간지의 동물 인형옷을 입은 플레이어가 큰길을 걸어가고 있었고, 뮤우가 태클을 거는 것 같은 기세로 그 사람에게 안기자 상대방이 버텨 냈다. 그 모습을 본 나는 묘한 감동이 느껴지기도 했다. 그리고 그 인형옷을 입은 플레이어가 악수를 해줘서 은근히 기쁘기도 했다.

그렇게 노점을 둘러보니 밤이라서 든든한 계열 음식이 많았고, 뮤우가 불쑥 중얼거렸다.

"……단 걸 먹고 싶어."

"아, 괜찮을 것 같은데. 나도 단 게 먹고 싶어."

"단 거라면…… 저기지."

나도 단 걸 먹고 싶다는 의견에 찬성했고, 셋이서 나란히 단골 가게인 [콤네스티 카페 양복점]이 있는 동쪽 큰길로 향했다.

그리고 도착한 그 가게에는 새해용으로 특별한 장식이 되어 있었다.

카페 오픈 테라스에는 테이블과 의자가 치워진 대신 작은 종이 매달려 있었고, 나무망치도 설치되어 있었다.

두들기면 때앵, 날카로운 느낌이 드는 소리를 울리는 종 바로 옆에는 한 사람당 한 번이라고 적혀 있는 간판이 세워져 있었고, 그 앞에는 플레이어들이 여러 명 줄을 서 있었다.

그리고 카페 입구에는 붉게 칠한 토리이가 세워져 있었고, 서양식 건물에 전통식 장식을 해두니 억지스러운 느낌이 매우 심하게 들었다.

그럼에도 불구하고 서양 판타지 세계관으로 만들어져 있는 OSO 안에서 일본을 느끼게 해주는 '전통 느낌'이 있는 것만으로도 사람들이 모여드는 모양이었다.

"오늘 [콤네스티 카페 양복점]에서는 카페 영업이 아니라 연말연시 특별판매를 진행하고 있습니다! 부적, 파마의 화살, 한정 과자 판매! 그리고 새해 감주 무료 서비스도 진행하고 있습니다!"

"오늘 한정 서비스이고, 전부 다 나가면 종료됩니다!"

[콤네스티 카페 양복점]의 카페 부문을 담당하고 있는 라템 씨와 카리앙 씨가 종을 다 친 플레이어를 끌어들이기 위해 외치고 있었다.

두 사람은 평소 때 입던 가게의 제복이 아니라 라템 씨는 보라색 하카마, 카리앙 씨는 붉은색 하카마, 그렇게 각자 신사 복장을 입고 있었다.

그리고 바쁘게 손님들을 끌어들이고 있던 라템 씨와 카리앙 씨가 이렇게 말하는 소리가 들렸다.

"왜 이렇게 바쁜 거야?! 라템, 일손이 부족한 곳은 어디지?!"

"상품 매장에 일손을 우선적으로 보내고 있는데, 무료 감주 서비스 쪽으로 오는 손님들을 잘 처리하지 못하고 있어. 하지만 이번만 넘기면 그 뒤로는 사람이 줄어들…… 거야."

"정말, 클로드 씨가 견적을 너무 어설프게 냈어."

나는 그 말을 듣고 나도 모르게 말을 걸어버렸다.

"저기…… 괜찮으신가요?"

일단 알고 지내는 사람이었기에 다가가서 말을 걸자 두 사람이 동시에 내 손을 붙잡았다.

"윤 씨! 와주셨군요!"

"저, 저기…… 뭐, 시간을 보내러요."

"클로드 씨! 임시 도우미를 찾았어요! 지금 카리앙이 데리고 갈 겁니다!"

라템 씨가 큰 목소리로 사람들이 줄을 서 있는 곳 너머로 소리치자 알아듣기 좀 힘들지만 알겠다고 말하는 목소리가 들렸다.

그리고 나는 카리앙 씨에게 손을 잡힌 채 가게 안쪽으로 끌려갔다.

그런 내 모습을 보고 있던 뮤우와 세이 누나는 재미있을 것 같다면서 따라왔고…… 아니, 그 전에 막아줘, 구해줘.

"클로드 씨! 윤 씨를 발견했어요!"

"뭐?! 잘했다!!"

클로드도 보라색 하카마 차림으로 나타났다.

그리고 나와 카리앙 씨, 그 뒤로 몰래 따라온 뮤우와 세이 누나를 둘러보고 고개를 크게 끄덕였다.

"좋았어! 모두 임시로 고용하지!"

"아니아니아니, 무슨 이야기인지 모르겠는데! 그리고 뮤우하고 세이 누나까지 은근슬쩍 전력으로 끼워 넣지 마!"

내가 따지자 카리앙 씨가 그제야 뮤우와 세이 누나가 내 뒤를 따라왔다는 것을 깨닫고 대체 어느새?! 라고 하면서 놀라다가 곧바로 태연함을 되찾은 뒤 그 두 사람에게도 도와달라고 부탁하기 시작했다.

한편 클로드는 내게 이렇게 설명했다.

"무슨 이야기인지 모르겠다고? ……뭐, 간단히 말하자면

이 상황을 개선시키기 위해 도와달라는 거다."

"이 상황이라니…… 뭐, 일손이 부족하다는 건 알겠는데……."

나는 좀 전보다 더 떠들썩해진 가게 모습을 보고 난처해졌다.

"왜 이런 상황이 된 건데."

"마기가 만든 액세서리가 입소문을 타고 퍼져버렸거든."

클로드는 그렇게 말한 다음 잘 팔리는 상품 중 하나를 들고 내게 보여주었다.

그것을 내 어깨 너머로 본 뮤우가 소리쳤다.

"오오?! 그거 [결정주]로 만든 액세서리야?! [결정주]는 가공하는 게 어려워서 무기나 액세서리에는 적합하지 않을 텐데!"

"어머, 신기하네. [결정주]는 단단하긴 하지만 잘 깨져서 [팔백만]의 생산직들도 가공하는데 애를 먹는데."

아무래도 이 액세서리는 생산 난이도가 꽤 높은 아이템인 모양이다.

투명한 듯한 결정으로 만든 그 목걸이는 부적으로 파는 제품이었다.

액세서리 분류로 따지면 마법방어가 올라가는 아뮬렛이고, 추가효과도 최대 세 개까지 부여할 수 있는 스펙이다.

"그런데 가격이 겨우 10만 G란 말이지. 서비스 가격이네! 너무 싸! 가지고 싶다!"

"크크큭, 마기에게 부탁해서 만든 미끼 상품이니까. 적자를 각오하고 내놓은 인기 상품이다. 지금 줄을 서더라도 차례가 오기 전에 다 팔려버리겠지."

그렇게 말한 다음 이쪽을 힐끔거리는 클로드. 가게 일을 도와주는 보수가 [결정주] 부적이라는 뜻일 것이다.

"그런데 그 [결정주]는 어디서 얻을 수 있는 거야?"

"화산 에리어의 던전, [귀인의 별장] 너머에 있는 [무기동굴]의 채굴 아이템인데, 생산에 필요한 최저 레벨은 [단철]이나 [조금] 레벨 40 이상이다."

"우와, 높잖아! 나는 안 되겠는데."

그 [결정주]를 캘 수 있는 곳에 못 가는 것은 아니지만, 운 좋게 손에 넣었다 해도 지금 내 [조금] 센스 레벨 26으로는 뮤우가 가지고 싶어 하는 아이템을 만들 수가 없다. 그리고 단단하지만 잘 깨지는 소재를 가공하는 요령을 터득하려면 꽤 실패를 많이 거듭해야 할 테니 그 에리어에 여러 번 가서 채굴할 필요가 있을 것 같다.

"자, 윤네 일행에게는 가게 일을 도와달라고 부탁하고 싶은데. 보수는 이 [결정주] 부적 세 개, 어때?"

"그래. 그리고 끝난 다음에 감주와 한정 과자를 내주겠어?"

"그렇군, 그것도 준비하지."

"——아니, 세이 누나! 왜 멋대로 교섭하는 건데!"

"어~? 나도 [결정주] 부적을 가지고 싶으니까."

그치~? 그렇게 뮤우와 한 목소리로 말하는 세이 누나.

"부탁이야, 윤 언니."

"나도 가지고 싶어, 윤."

나는 어깨를 늘어뜨린 채 두 사람의 부탁을 말없이 받아들였다. 젠장, 귀여운 자매의 부탁을 거절할 수는 없잖아.

나는 잠시 말없이 있다가 마음의 정리가 된 뒤 양쪽 볼을 두들기며 기합을 넣었다.

"좋아, 해볼까. 그런데 우리가 뭘 하면 되지?"

"그럼 이쪽 장비로 갈아입어."

"알았어! 그럼 얼른 갈아입고 오자! 탈의실에서 갈아입으면 되지!"

나는 뮤우에게 손을 잡힌 채 급하게 카페 안쪽에 있던 탈의실로 들어가 받은 장비로 갈아입었다.

메뉴의 장비 변경을 통해 단숨에 갈아입은 모습을 탈의실에 있던 전신거울로 확인했다.

내 체격에 딱 맞는 전통 의상. 위쪽은 순백의 코소데, 그리고 아래쪽 하카마의 색은── 붉은색.

"역시나…… 대충 짐작은 하고 있긴 했는데, 왜 내가 붉은색 하카마를 입냐고. 남자라면 보라색이잖아."

조용히 탈의실 벽을 향해 중얼거렸다.

그리고 남자 옷과 여자 옷은 하카마의 높이가 달랐고, 아무리 봐도 이건 여자 옷이다.

게다가 머리카락 모양까지 장비로 세팅되어 있어서 길고 까만 머리카락을 목덜미 근처에서 풀어지지 않게 가죽 띠로

묶었고, 그 가죽띠를 가리려는 듯이 그 위에 전통 종이가 감겨 있었다.

"윤 언니, 다 갈아입었어? 얼른 나와!"

"에휴, 알았어."

뮤우가 재촉하자 나는 깊은 한숨을 내쉬며 탈의실 커튼을 제쳤다.

그곳에는 나와 마찬가지로 무녀복으로 갈아입은 뮤우와 세이 누나가 기다리고 있었고, 셋이서 클로드가 있는 곳으로 돌아왔다.

나는 기분 나쁘다는 기색을 드러내며 클로드 앞에 섰다.

"갈아입고 왔는데. 나한테 뭐 할 말 없어?"

왜 무녀복을 준 거야? 나도 지금 클로드가 입고 있는 것처럼 남자 전통 의상이 더 좋은데, 그렇게 눈빛으로 따지자 클로드가 고개를 크게 끄덕였다.

"역시 정통파 무녀는 이거지. 판타지 세계에서는 머리카락과 피부 색깔 때문에 위화감이 들 수밖에 없는데…… 음, 만족스럽군."

혼자서 멋대로 만족하고 있는 클로드를 보고 마음속으로 맥이 빠진 나. 그리고 그런 우리를 즐거운 듯한 표정으로 바라보고 있는 뮤우와 세이 누나.

"그럼 윤은 파마의 화살과 감주 쪽을 맡아줘. 그리고 뮤우와 세이 두 사람은 입구에서 손님 안내를 부탁하지."

"알겠어요! 세이 언니랑 같이 다녀올게요!"

"그럼 윤도 열심히 해."
나는 뮤우와 세이 누나의 뒷모습을 바라보고 나서 내 담당구역을 맡았다.
"실례합니다. 감주 두 개 주셨으면 하는 데요……. 그리고 파마의 화살은 뭔가요?"
"네, 바로 드릴게요. 파마의 화살은 화살촉에 은을 사용한 언데드 특효 아이템이에요. 사용하려면 [활] 계열 센스가 필요하니 [활] 계열 센스가 없는 분들은 주로 관상용이겠죠."
나는 파마의 화살에 대해 질문한 손님에게 정성껏 상품에 대한 설명을 하면서 감주를 목제 컵에 따라 나누어주는 손도 멈추지 않았다.
여기서 다루고 있는 상품 중에는 [결정주] 부적과 새해 한정 과자가 제일 잘 팔렸고, 손님들은 그것을 사는 김에 공짜로 감주를 받으러 왔기 때문에 감주를 나눠주느라 꽤 바빴다.
그리고 파마의 화살은 원래 그다지 잘 팔리지 않았지만, 내가 이곳을 맡고 난 뒤로는 조금씩이나마 팔리기 시작했다.
이유가 뭘까, 궁금하긴 했지만 팔리는 건 좋은 거니까 깊게 생각하지는 않기로 했다.
그리고──.
"──완매되었습니다! 모든 상품이 완매되었습니다! 이제 감주 무료 서비스만 남았습니다~!"

라템 씨가 소리친 "완매!"라는 목소리를 듣고 스스로 생각했던 것보다 더 긴장하고 있던 나는 어깨를 축 늘어뜨렸다.

"윤도 이제 쉬어도 돼. 이제부터는 우리가 할 테니까."

클로드가 그렇게 말했지만, 상품이 다 팔린 뒤에도 감주 서비스 앞에 줄을 선 손님들이 남아 있었기에 조금만 더 돕기로 했다.

"음~. 조금만 더 할게. 먼저 뮤우하고 세이 누나를 쉬게 해줄래?"

뮤우와 세이 누나가 다 쉬고 나면 밤 0시가 지난 시각이겠지. 그때쯤이면 대성당 쪽에서도 사람이 많이 빠질 것 같다. 나는 그렇게 생각하면서 목제 컵에 차례차례 감주를 따랐다.

그리고 다음 플레이어에게도──.

"여기요. 감주 받으세요. 몸이 따뜻해질 거예……요?"

"윤, 너 왜 그런 차림이야?"

"──윽?! 타쿠! 너야말로 뭐하는 거야?!"

정신없이 감주를 나눠주고 있었기에 내 눈앞에 타쿠가 감주를 받으러 와 있었다는 것을 눈치채지 못했던 나는 깜짝 놀라 소리쳤다.

"혼자서 살짝 사냥하고 오던 참에 감주 무료 서비스를 하길래 왔지. 만복도를 회복시키려고…… 그런데 네가 있었어."

"그, 그렇구나……."

소꿉친구인 타쿠에게 무녀복 차림을 보였다는 수치심 때

문에 얼굴이 뜨거워졌다.

타쿠는 또 여자 옷을 입고 있다 정도로만 생각하겠지만, 나는 아는 사람에게 이런 차림을 보였다는 것이 창피해서 견딜 수가 없었다.

그리고——.

"흐음. 윤, 그 옷 잘 어울린다."

"또 그런 말을! 내 수치심을 부추기지 말라고!"

나는 그렇게 말하며 따졌고, 그런 나와 타쿠의 모습을 보다 못한 카리앙 씨와 라템 씨가 도와주려고 나서서 우리들에게 이렇게 제안했다.

"윤 씨는 좀 쉬는 게 낫지 않을까? 우리가 대신 맡을게."

"그래. 타쿠 군하고 같이 안쪽에 있는 휴게실을 써도 돼."

하긴, 당황한 상태라 감주를 나누어 주다가는 실수를 할 것 같다.

나는 순순히 고개를 끄덕이고 타쿠와 함께 가게 안쪽에 있는 휴게실을 빌리기로 했다.

그때, '뭐야, 담당자가 바뀌어버리는 건가?'라고 낙담하는 목소리나 '조금만 더 있었으면 윤에게서 감주를 받을 수 있었을 텐데…… 저 녀석, 용서 못 해!'라고 원망하는 목소리가 들린 것 같았는데, 돌아보니 플레이어들이 얌전히 일렬로 줄을 서 있었기에 착각했나 싶어서 고개를 갸웃거리면서도 깊게 생각하지는 않기로 했다.

그리고 타쿠를 데리고 휴게실로 들어가자 먼저 쉬고 있던 뮤우와 세이 누나가 고생했다고 말해주었다.
"윤 언니, 고생했어. 그리고 타쿠 씨가 왔네. 왜 있어?"
"윤, 고생했어. 그리고 타쿠 군도 어서 와."
뮤우는 과자를 먹으며 의아하다는 듯이 고개를 갸웃거렸고, 세이 누나는 매우 자연스럽게 타쿠에게 인사를 했다.
"뮤우하고 세이 씨, 안녕하세요. 감주를 받으러 왔는데 윤하고 이야기하다가 폐를 끼친 것 같아서요. 이쪽으로 가라고 안내받았네요."
타쿠가 설명한 내용이 기본적으로 잘못된 내용은 아니었기에 나는 일단 잠자코 있기로 했다.
그리고 우리가 휴게실에서 차를 마시며 쉬고 있자니 클로드가 들어왔다.
"급하게 도와달라고 부탁해서 미안하다. 이건 약속했던 [결정주] 부적이야."
클로드는 그렇게 말한 다음 나와 뮤우, 세이 누나에게 작은 육각형 결정이 특징인 심플한 부적을 각각 하나씩 건네주었다.

[결정주] 부적 [장식품] (중량 : 1)
DEF+5 MIND+15

우리 세 사람은 아직 추가효과가 달려 있지 않은 부적을 기뻐하며 받았다.

그때, 타쿠가 좀 부러운 듯이 바라보았지만 자랑하는 취미는 없었기에 바로 인벤토리 안에 넣어두었다.

"슬슬 새해 카운트다운이 시작될 거다. 모두 함께 새해를 맞이하고 싶으니 가게 앞으로 나와주겠나?"

"그래, 알았어."

우리는 나란히 휴게실을 나선 뒤 카페 안을 지나 가게 앞 거리로 나왔다.

다들 메뉴 화면에 뜬 시계를 보고 새해 카운트다운을 시작하고 있었다.

"""""10, 9, 8……."""""

나, 뮤우, 세이 누나, 타쿠가 나란히 서서 밤하늘을 올려다보며 새해 카운트다운에 참가했다.

"""""3, 2, 1……."""""

멀리서 제야의 종소리가 크게 울려 퍼졌고, 하늘에 알록달록한 마법의 빛구슬이 솟구쳤다.

거기에 끼어든 뮤우와 세이 누나. 그리고 내게도 끼라는 듯이 눈짓을 했다.

"정말, 어쩔 수 없지. ──《익스플로전》!"

나는 지(地)속성 공격마법인 《익스플로전》을 위쪽으로 쏘아 올렸다.

[하늘의 눈]이 밤하늘의 어떤 지점을 표적으로 삼았고, 나는 그곳을 기점으로 마법을 발동시켰다.

꽤 높은 하늘에서 발동된 마법이 쏘아올린 흔적을 남기지 않고 커다란 노란색 폭발을 만들어냈다.

장애물이 없는 밤하늘에서 그 폭발이 확산되어 밤하늘을 장식했다.

"——《다이아몬드 더스트》!"

"——《솔 레이》!"

옆에서는 뮤우와 수렴광선을 하늘로 날렸고, 그것이 세이 누나가 만들어낸 가는 얼음 공간을 통과하자 얼음 결정이 빛을 난반사시켜 밤하늘에 빛의 일루미네이션을 만들어냈다.

그렇게 마법을 사용한 불꽃놀이 같은 광경이 마을 이곳저곳에서 새해 밤하늘을 장식하고 있었다.

"에헤헤헤, 올해도 잘 부탁해. 세이 언니, 윤 언니, 타쿠 씨."

"그래 그래, 올해도 잘 부탁해."

나는 뮤우의 머리를 쓰다듬으면서 세이 누나와 타쿠와도 새해 인사를 나누었다.

1장 새해 업데이트와 확장 재능

"오, 새해 업데이트 내용이 올라왔네."

새해 카운트다운 이후로 이어진 마법 퍼포먼스가 끝난 뒤에 주위가 조용해졌을 무렵, 타쿠가 메뉴를 띄우면서 그렇게 말했다.

우리도 각자 메뉴 화면을 띄우고 업데이트 내용을 확인해 보았지만 간략한 내용만 나와 있었기에 나는 고개를 갸웃거렸다.

"퀘스트 다수 추가, 아이템 추가, 미세한 밸런스 조정?"

구체적인 내용이 전혀 나와 있지 않은 업데이트 항목을 보고 타쿠와 뮤우는 납득하고 있었다.

"지금까지처럼 자력으로 찾아보라는 거지."

"좋았어~! 우리도 퀘스트를 찾으러──"잠깐!"-──."

무녀복 차림 그대로 뛰어갈 기세인 뮤우의 어깨를 잡고 말리는 나와 세이 누나.

"첫 참배를 하러 가야지. 말을 꺼낸 사람이 내팽개치면 어떻게 해."

"언니는 슬프네. 뮤우가 우리를 내버려 두고 가려 하니까."

나는 정론을 내세우며 나무랐고, 세이 누나가 감정론을 내세우며 호소했다.

그러자 뮤우의 목소리가 작아졌고, 약간 풀죽은 모습을

보였다.
"미안해. 성급했네."
유우가 순순히 사과하자 세이 누나가 방긋방긋 미소를 지으며 머리를 쓰다듬었고, 나도 미소를 지으며 유우를 바라보았다.
그리고 옆에 서 있던 타쿠와 눈이 맞았기에 물어보았다.
"타쿠도 같이 갈래? 대성당에 첫 참배하러."
"그래. 모두 함께 가면 즐겁겠지. 지금은 사람이 많이 빠졌을 거야."
내가 타쿠를 초대했고, 세이 누나도 좋은 생각이라는 듯이 맞장구를 쳤다.
새해 행사가 끝나고 업데이트로 인해 변경된 퀘스트와 아이템을 찾으러 흩어지기 시작한 플레이어들.
이런 상태라면 대성당에 모여 있던 플레이어들도 꽤 줄었을 것이다.
타쿠가 우리의 제안을 듣고 뭔가 생각에 잠긴 듯한 모습을 보였기에 무슨 일정이 있는 건지 물어보았다.
"무슨 일정 있어? 간츠네 일행하고 합류한다든가."
"아니, 일정은 없어. 우리 파티 멤버는 다들 새해에 일이 있어서 로그인 시간이 제각각 다르니까 새해 1주일 동안에는 각자 마음대로 움직이기로 했거든."
"그렇구나."
그 말을 듣고 세이 누나도 비슷한 말을 했다.

"역시 어디나 그렇겠지. 미카즈치도 새해에 술자리 같은 게 있다고 해서 대충 끝날 때까지는 로그인을 자주 못 하게 된 모양이야."

"아무리 새해라고 해도 톱 두 사람이 빠지다니, 그래도 되는 거야? 최대 길드."

내가 태클을 걸자 길드 [팔백만]의 서브마스터인 세이 누나가 미소를 지으며 괜찮다고 대답했다.

"내가 지시를 확실하게 내리고 있고, 뛰어난 플레이어도 있으니까 문제없어."

그렇게 우리들이 이야기를 나누고 있던 동안 풀죽어 있던 뮤우는 어느새 부활해서 기운차게 우리에게 말을 걸었다.

"계속 여기서 이야기만 하지 말고, 얼른 옷을 갈아입고 첫 참배 하러 가자!"

"얼른 갈아입고 와. 나는 여기서 기다릴 테니까."

"알았어. 그럼……."

타쿠가 옷을 갈아입고 오라고 재촉하자, 나는 뮤우와 세이 누나를 데리고 콤네스티 안에 있는 탈의실로 향했다.

그곳에서 무녀복을 오커 크리에이터 동복 장비로 갈아입은 내가 탈의실을 나서자 뮤우와 세이 누나도 거의 동시에 나왔기에 셋이 함께 타쿠가 있는 곳으로 돌아왔다.

"기다리게 해서 미안해. 그럼 갈까?"

"그래."

나는 [콤네스티 카페 양복점]을 나설 때 클로드에게 인사를 할 겸 무녀복을 돌려주려 했지만 선물로 받아버리게 되었다.

나는 미묘한 표정을 지었지만, 뮤우와 세이 누나가 좀 기쁜 듯한 것 같아서 화를 내지도 못하고 그대로 받게 되었다.

[콤네스티 카페 양복점]을 나선 뒤 나와 타쿠는 뮤우와 세이 누나가 큰길에 있는 노점을 구경하며 앞서 나가는 모습을 보며 나란히 걸어갔다.

"저기~! 윤 언니! 타쿠 씨! 얼른 안 오면 두고 가버릴 거야!"

"후후후, 이렇게 넷이서 첫 참배를 간 게 얼마만이지? 왠지 정겹네."

큰 목소리로 우리를 부르는 뮤우, 예전 생각에 잠긴 세이 누나를 보고 나와 타쿠는 쓴웃음을 지으며 더 빨리 걷기 시작했다.

그리고 그곳에서 조금 이동했을 때――『젠장, 새해가 되자마자 하렘 파티냐!』『게임이든 현실이든 리얼충이냐. 갓뎀!』『소꿉친구 속성에 연상, 동갑, 연하 미인 세 자매라니, 무슨 미연시 세계냐고!』

그런 목소리가 들렸기에 무슨 일인가 하고 돌아보니 당장에라도 피눈물을 쏟을 것 같은 표정을 짓고 있는 남자 플레이어들이 있었다. 하지만 나와 타쿠는 남자고, 주위에도 남자 비율이 높은 파티가 태반이다.

하렘 파티가 어디 있다는 거지? 나는 그렇게 생각하며 멈춰 서서 고개를 갸웃거렸다.

"윤, 왜 그래? 뮤우하고 세이 씨가 기다리는데."
"미안."
타쿠와 함께 앞서간 두 사람을 따라가서 대성당 앞에 도착했다.
지금도 아직 평소보다는 플레이어가 좀 많았지만 그래도 무난하게 대성당 안에 들어갈 수 있었다.
희미한 촛불이 켜져 있는 공간에는 스테인드글라스 창문으로 스며든 달빛이 바닥에 어렴풋한 그림을 드리우고 있었다.
평소에는 인기척이 별로 없는 공간, 플레이어들이 차례차례 여신상 앞에서 기도를 했다.
그런데 기도하는 방법을 보니 바닥에 무릎을 꿇고 기도하거나, 그냥 손을 마주 모으기만 하거나, 신사에서 참배하는 방식이거나, 그렇게 매우 자유로운 플레이어들의 모습을 보고 나는 쓴웃음을 지었다.
그리고 우리 차례가 왔다.
"그럼 기도하자."
타쿠가 한 말을 듣고 나와 세이 누나는 눈을 감고 기도했다. 그런데 중간에 짝짝, 손뼉을 치는 소리가 미묘하게 엇갈려서 들린 걸 보니 뮤우와 타쿠는 신사에서 참배하는 방법으로 기도를 한 모양이다.
기도 방법 하나에도 각자의 성격이 드러나는 것 같다고 생각하며 나는 올해 소원을 마음속으로 말했다.

(올해 한 해도 내가 아는 사람들이 모두 건강하고 즐겁게 지낼 수 있기를.)

내가 소원을 빌고 있자니 문득 옆에서 시선이 느껴졌기에 눈을 떴다. 그러자 유우가 나를 곁눈질하며 보고 있었다.

"……왜 그래? 유우."

"아니, 윤 언니는 무슨 소원을 빌었을까 해서."

나와 유우가 한 말을 듣고 세이 누나와 타쿠도 소원을 다 빈 다음 이쪽을 보았다.

"어머, 나도 듣고 싶은데. 윤이 무슨 소원을 빌었는지."

"으. 유우하고 세이 누나는 무슨 소원을 빌었는데."

나는 그저 일방적으로 말하는 건 창피했기에 되물었고, 유우와 타쿠가 당당하게 대답했다.

"레벨을 올려서 강적과 싸울 수 있기를!"

"내 검 컬렉션에 새로운 무기가 늘어나기를!"

이 녀석들…… 내가 그렇게 생각하며 흘겨보는 한편, 세이 누나는 약간 먼 곳을 바라보면서――.

"나는―― 희귀 아이템이 나오기를, 그런 소원을 빌었어."

(((――저, 절실한 소원이야!)))

세이 누나는 물욕 센서에 걸렸는지 자기가 원하는 아이템이 거의 나오지 않는 징크스가 있다.

그 징크스에서 벗어나기 위해 절실하게 소원을 비는 모습을 보고 나와 유우, 타쿠는 함께 세이 누나에게 아무런 말도 하지 못하고 마음속으로 눈물을 흘렸다.

우리들이 그렇게 침묵하자 세이 누나는 분위기를 바꾸려고 내게 말을 돌렸다.

"다들 말했으니까 윤도 말해줘. 우리에게만 말하게 하는 건 치사하잖니."

"어?! 저기…… 말하는 게 좀 창피한데……."

"안 돼! 우리 소원을 들었으니까 윤 언니도 말해야지. 말 안하면 용서 안 할 거야!"

매우 평범한 소원인데, 나는 그런 말을 삼키고 약간 쑥스러움을 느끼며 대답했다.

"올해도 아는 사람들 모두가 건강하고 즐겁게 지낼 수 있기를, 그런 내용인데…… 아니, 뭐야! 뭐라고 말 좀 해!"

내가 눈을 피하며 대답하자, 뮤우와 다른 사람들이 따스한 눈초리로 바라보았기에 더 창피해졌다.

"윤 언니는 항상 모두를 생각해주니까 정말 좋아!"

"그래. 윤은 착하지."

따스한 눈초리로 바라보며 나를 껴안는 뮤우와 내 머리를 쓰다듬는 세이 누나를 보니 소원을 말하기 전보다 더 쑥스러워졌기에 나는 도망치는 듯이 대성당 출구 쪽으로 나가기 시작했다.

"이제 첫 참배는 끝났잖아. 나는 갈 거야! 가서 잘래!"

그런데 뮤우가 나를 붙잡았다.

"윤 언니, 아직 가면 안 돼! 업데이트된 퀘스트를 같이 해야지!"

"꺄악?! 뮤우, 어딜 만지는 거야! 아, 알았으니까 이거 놔!"

내 뒤에서 끌어안는 듯이 붙잡은 뮤우가 동복 틈새로 손을 집어넣고 가슴과 옆구리를 만지려 했기에 나는 무심코 새해 업데이트로 추가된 퀘스트 탐색을 돕는다고 말해버렸다.

그런 우리 모습을 훈훈하게 바라보고 있던 타쿠는 내 어깨를 살짝 두드렸다.

"윤은 뮤우에게 정말 약하구나."

"사실이라서 뭐라 말할 수가 없네."

에휴, 나는 그렇게 한숨을 쉬고 나서 콧노래를 흥얼거리며 대성당을 나가려 하는 뮤우를 쫓아갔다.

"밤을 샜는데도 못 찾고, 나중에 공략 사이트 정보를 통해 알게 되는 일은 없겠지."

"아하하하, 그렇지…… 않을 거라고 딱 잘라 말할 수는 없겠네."

내가 중얼거리자, 세이 누나가 헛웃음을 흘렸다. 하지만 내 기우는 곧바로 뮤우로 인해 날아가 버렸다.

"언니들! 바로 찾아냈어!"

"엄청 빨리 찾네!"

대성당에서 방금 나왔는데 벌써 첫 번째 퀘스트를 찾아낸 뮤우는 어떤 방향을 손가락으로 가리켰다.

그쪽을 보니 대성당 옆에 작은 정원 입구가 있었다. 그곳에는 한 중년 신부가 서 있었고, 그 앞에 플레이어들이 줄을 서 있었다.

“저게 업데이트로 추가된 퀘스트 NPC인가?”

“아니, 저건 전부터 저기 있었던 신부 NPC야.”

“성수를 파는 NPC였지.”

그렇게 말한 세이 누나의 설명에 따르면 선공 언데드 계열 MOB을 일시적으로 비선공으로 만드는 아이템을 파는 모양이었다.

생산 아이템 소재로도 쓸 수 있다는 말을 듣고 나는 그 새로운 발견으로 인해 좀 기뻐졌다.

“그럼 나도 그 성수를 살까. 그런데 왠지 물건을 사고파는 분위기는 아닌 것 같네.”

눈앞에 서 있는 줄은 척 보기에도 아이템을 구입하기 위한 줄인 것 같지는 않았다. 파티 단위로 신부 NPC와 이야기를 나눈 뒤 줄에서 빠져나와 이야기를 나누기 시작한 파티나 신부 NPC와 이야기를 짧게 나눈 뒤 낙담하며 어디론가 가버리는 플레이어가 있기는 했지만 물건을 사거나 파는 것 같은 플레이어는 없었던 것이다.

희미하게 들린 이야기 내용은 전부 다 짤막한 단어였고, 아이템 이름이거나 적 MOB의 이름, 어떤 심부름 이야기이기도 했다.

“어떻게 된 거지?”

“그야 직접 이야기를 들어보면 되지!”

유우가 그렇게 말한 다음 바로 줄 가장 뒤에 섰기에 우리도 쓴웃음을 지으며 그 뒤에 섰다.

그리고 시간을 때울 겸 앞에 줄을 서 있던 플레이어와 정보교환을 하면서 간접적이나마 퀘스트 내용을 파악할 수 있었다.

바로 센스 확장 퀘스트.

센스를 취득하기 위해 필요한 SP 50을 소비하여 신부 NPC가 주는 몇 가지 랜덤 퀘스트를 클리어하면 다음 단계로 넘어갈 수 있고, 최종적인 퀘스트 클리어 보수가 새로운 센스 장비 칸이라는 것 같다.

"……센스 확장 퀘스트라."

그리고 나는 내 센스 스테이터스를 확인했다.

소지 SP 64

[장궁 Lv31] [마궁 Lv10] [하늘의 눈 Lv17] [간파 Lv29]
[마도 Lv20] [지속성 재능 Lv30] [부가술 Lv44] [조교 Lv30]
[조약사 Lv12] [물리공격 상승 Lv10]

대기

[활 Lv50] [준족 Lv22] [연금 Lv45] [합성 Lv45] [조금 Lv26]
[생산직의 소양 Lv7] [요리인 Lv15] [수영 Lv15] [언어학 Lv25]
[등산 Lv21] [신체내성 Lv5] [정신내성 Lv4] [선제의 소양 Lv10]
[급소의 소양 Lv10]

SP는 64 남았으니 퀘스트를 발생시키는 조건은 채운 상태지만 나는 딱히 내키지 않았고, 그걸 타쿠가 예리하게 눈치챘다.

"뭐야, 윤. 내키지 않는 것 같은데."

"아니, 왠지 내가 같이 이 퀘스트를 받으면 다른 파티 멤버분들이나 동료분들에게 미안한 느낌이 들어서."

뮤우에게는 루카토 같은 파티 멤버가 있다.

세이 누나에게는 미카즈치를 포함한 길드 [팔백만] 사람들이 있다.

타쿠에게는 간츠 같은 파티 멤버가 있다.

나 말고 다른 세 사람에게는 그런 파티 멤버와 길드 동료가 있는데, 그런 동료들을 제쳐두고 내가 이 세 사람과 같이 센스 확장 퀘스트를 받아도 되는 걸까, 그렇게 껄끄러운 기분이 들었던 것이다.

그렇게 말하며 동복 가슴 근처를 붙잡고 있던 내 오른손을 세이 누나가 두 손으로 살며시 감싸주었다.

"윤은 착하구나. 하지만 신경 쓰지 않아도 돼. 나는 새해 연휴 동안에는 윤하고 뮤우에게 찰싹 달라붙어 있을 생각이니까."

나는 세이 누나가 한 말을 듣고 약간 놀랐다.

"세이 누나, 그래도 돼?"

"응. 윤이나 뮤우하고 한껏 모험을 할 수 있는 기회는 별로 없으니까. 이왕 이렇게 된 거 이번 새해 연휴 목표를 우리 셋이서 센스 확장 퀘스트를 클리어하는 걸로 잡으면 어떨까?"

"세이 언니! 타쿠 씨를 깜빡했어! 타쿠 씨도 껴서 소꿉친구 네 명이서 공략해야지!"

뮤우가 세이 누나의 말이 잘못되었다는 것을 지적하자 그래, 우리 넷이서, 그렇게 미소를 지으며 정정하는 세이 누나.

그리고 타쿠는――.

"윤은 우리 동료들보다 먼저 이 퀘스트를 같이 받는다는 게 껄끄럽다고 하는데, 나오는 과제가 랜덤이잖아. 같은 퀘스트가 걸리지만 않으면 다시 신선한 마음으로 도전할 수도 있으니까 간츠네는 별로 신경 쓰지 않을 거야."

타쿠가 그렇게 말하자 뮤우와 세이 누나도 고개를 끄덕였다.

"그럼 받아도 된다는 거지?"

내가 다시 그렇게 묻자 뮤우와 세이 누나가 내 양옆에 서서 나를 꼬옥 끌어안고 머리를 쓰다듬었다.

"정말, 윤 언니도 참. 자신을 가지고 하면 돼!"

"후후후, 윤은 아무것도 신경 쓸 필요 없어."

그런 두 사람의 행동으로 인해 깜짝 놀라 몸이 굳은 나는 주위에서 따스한 시선을 보내는 것을 느끼고 창피해졌다.

"자, 우리 차례가 왔어."

"그, 그래……."

타쿠가 말을 꺼내자 나는 두 사람에게서 풀려났지만 왠지 다른 의미로 이제 받게 될 센스 확장 퀘스트에 불안함이 느껴졌다.

"좋은 날에 오셨군요. 오늘 오신 용건은 무엇인가요?"

"퀘스트 내용을 알려주세요!"

뮤우가 씩씩하게 대답하자 신부 NPC는 흐음, 그렇게 말하며 생각에 잠긴 듯한 포즈를 취한 채 잠시 우리를 보고 있었다.

그러자 우리의 메뉴가 자동으로 떴고, 센스 스테이터스가 표시되었다.

"모두 재능을 위해 날마다 끊임없는 노력을 거듭하신 모양이군요. 그렇다면 제가 여신의 대리인으로서 그 재능에 걸맞는 시련을 내려드리겠습니다. 그로 인해 재능을 더욱 펼칠 수 있겠죠."

그리고 메뉴에 새로운 화면이 떴다.

――특수 퀘스트 [센스 확장 · 세 개의 시련]을 수주할 수 있습니다.

※이 퀘스트는 소지 SP 50을 소비함으로써 수주할 수 있습니다. 퀘스트 성공 시 센스 장비칸이 하나 확장되어 미소지 센스를 취득할 수 있게 됩니다.

퀘스트가 실패할 경우 소비한 SP가 반환됩니다.

퀘스트 설명 아래에 [YES / NO] 선택지가 떴고, 우리는 [YES]를 선택했다.

"지금부터 당신들께 세 개의 시련을 내려드리겠습니다. 시련의 내용은 채취, 구제, 토벌. 세 개의 시련을 전부 달성하시면 다시 이곳으로 돌아오십시오."

그렇게 말한 다음 잠시 뜸을 들이는 신부 NPC.

나는 긴장해서 침을 꿀꺽 삼킨 뒤 시련 내용에 귀를 기울였다.

"당신들에게 내려질 세 개의 시련, 그 내용은——."

●

"좋았어, 해보자~!"

뮤우가 씩씩하게 소리친 곳은 도등화 나무가 있는 언덕 옆 폐촌 포탈 앞이었다.

깜깜한 한밤중에 뮤우가 만들어낸 빛마법 구슬에 의존하여 걸어가기 시작했다.

"센스 확장 퀘스트 내용이 그거라니. 좀 간단한 게 나왔으면 좋았을 텐데. 그리고 나는 당장 할 필요가 없을 것 같은데. 어둡기도 하고, 발치도 위험하고……."

나는 그렇게 투덜거렸지만, 그럼에도 불구하고 의욕이 넘치는 뮤우는 멈출 기색이 없었다.

"나는 난이도가 높을수록 불타오르는데."

"크, 이 게임 폐인놈."

내가 타쿠를 원망스러운 눈초리로 바라보자 세이 누나가 달래기 시작했다.

"자자, 윤. 그런데 괜찮니?"

"뭐, [하늘의 눈] 센스가 있으니 어두운 곳을 보는 건 문제가 없긴 한데…… 역시 불안하긴 하지."

우리가 받은 센스 확장 퀘스트. 주어진 세 가지 시련의 내용은――.

· 채취 퀘스트 : 비룡산맥에서 [비룡의 무정란]을 채취한다.

· 구제 퀘스트 : [유행병의 약]을 고원 에리어 너머에 있는 마을에 가져다주고 그곳에 있는 환자를 구제한다.

· 토벌 퀘스트 : MOB [황제무지벌레]를 토벌한다.

이 세 가지다.

그런데 이 퀘스트 중에는 우리가 모르는 정보나 미탐색 에리어 관련 퀘스트도 섞여 있다.

"비룡산맥이라면 모두 함께 잘 숨어가면서 찾아보면 어떻게든 [비룡의 무정란]을 채취할 수 있을 것 같긴 한데……."

"그래도 채취 퀘스트는 귀찮지. 이렇게 콰앙, 적을 쓰러뜨리고 싶은데!"

"뭐, 뮤우가 무슨 말을 하는지는 알겠어. 나도 굳이 말하자면 채취는 별로니까."

내가 [비룡의 무정란]을 확보하는 방법에 대해 견적을 내고 있자니 뮤우가 한 말을 듣고 타쿠가 쓴웃음을 지으며 맞장구를 쳤다.

화려한 맛은 없지만 채취도 꽤 괜찮은데, 나는 속으로 그렇게 생각하며 한숨을 쉬었다.

"채취 퀘스트 쪽은 윤이 잘하니까 괜찮겠다. 구제 퀘스트는 고원 에리어를 넘어가야만 하니까, 실질적으로 보스 MOB [라이트닝 호스]의 토벌 퀘스트 같은 거고."

세이 누나가 그렇게 말하자, 나는 싫다는 표정을 지으며 세이 누나를 보았다.

"난 보스하고 전투를 벌이는 건 솔직히 별로인데."

"왜? 즐겁잖아! 보스의 드롭 아이템 같은 걸로 희귀한 아이템을 얻을 수도 있고!"

뮤우가 진심으로 의아해 하는데, 나는 기본적으로 솔로 플레이를 하니 파티를 짜고 보스와 전투를 벌이는 상황을 상정하지 않았고, 애초에 보스 MOB은 대부분 박력이 있어서 무서우니까 껄끄럽다. 이제 와서 무슨 소리냐 싶긴 하지만.

하지만 그런 말을 하면 오빠의 위엄이 사라질 것 같아서 조용히 있자니 타쿠가 입을 열었다.

"그리고 [황제무지벌레]라는 건 들어본 적이 없는 적 MOB이니까 찾는 것도 고생이겠어. 미확인 MOB을 찾는 게 진짜 시련인 건가?"

고생할 것 같다고 하면서도 즐거워보이는 타쿠를 보고 나는 표정과 말이 일치하지 않잖아, 라고 속으로 생각했다.

아마도 이 상황을 즐기고 있겠지, 내가 그렇게 생각하며 먼 곳을 바라보고 어둠 속에 솟아 있는 비룡산맥의 실루엣을 올려다보고 있자니 뮤우가 계속 자신을 따라잡지 않고 있던 우리들을 보고 답답했는지 돌아왔다.

"진짜! 다들 너무 느려! 자, 이제 곧 비룡산맥이야!"

"저기, 채취만 하는 거면 동굴을 지나서 몰래 빠져나가면 되는 거 아니야?"

"""기각!"""

내 제안을 뮤우와 타쿠가 곧바로 기각했다.

"전투를 피하다니, 재미없잖아!"

"와이번의 드롭 아이템으로 만들 수 있는 검을 가지고 싶으니까 와이번 드롭 아이템을 모으자!"

그렇게 말하는 두 사람을 보고 세이 누나가 쓴웃음을 지었다.

"그럼 전투는 뮤우하고 타쿠 군에게 맡길게. 나하고 윤은 [비룡의 무정란]을 찾으면서 원호하고."

그러면 되겠지? 세이 누나가 그렇게 확인하자, 우리는 납득하고 한밤중 산길을 걸어가기 시작했다.

적 MOB이 나오지 않는 하층 부분은 뮤우와 타쿠에게 지루한 곳이었는지 빨리 나아가고 싶은 눈치였지만——.

"——앗! 저쪽에 약비초가 있네! 이쪽에는 혼백초!"

나는 그렇게 소리치고 나서 구불구불한 산길에서 벗어나 험한 경사에 자라난 약초를 채취하기 위해 뛰어나갔다. 그 때문에 산맥의 중층에 도착하는 것이 늦어지기 시작했다.

"으윽! 진짜! 윤 언니! 왜 약초만 모으고 있어! 원래 목적은 다른 거잖아!"

"아니! 그래도! 이건 [메가 포션]이나 [MP 포트]의 재료라고! 조금이라도 재고를 늘릴 수 있다면 좋은 거잖아!"

내가 힘껏, 그리고 눈을 반짝이며 말하자 뮤우가 으윽, 말문이 막혔는지 입을 다물어버렸다.

"어머어머, 이번에는 뮤우와 윤의 입장이 역전되어버렸네."

"윤은 정말 생산에 관련된 거라면 눈빛이 바뀌는구나."

그렇게 말하며 쓴웃음을 짓는 타쿠와는 달리 뮤우는 볼을 부풀리며 불만이라는 듯한 표정을 짓고 있었지만, 내가 다음과 같이 말하자——.

"이제 와이번하고 전투를 벌일지도 모르니까 메가 포션하고 MP 포트를 좀 줄까?"

"정말?! 앗싸아! 윤 언니, 정말 좋아!"

정말 속보이는 녀석이네, 나는 그렇게 생각하고 쓴웃음을 지으며 세 사람에게 아이템을 건넨 뒤 뮤우가 띄운 빛구슬 조명이 닿는 범위 안에 있는 아이템을 채취하기 시작했다.

저번에는 시간제한이 있는 퀘스트 중이었기에 채취할 수 없었던 욕구불만이 이번에 폭발했기에 나는 눈에 띄는 아이템을 닥치는 대로 수집해나갔다.

대부분은 드문드문 자라나 있는 약비초와 혼백초였지만 지면에 굴러다니던 돌 중에도 아이템이 섞여 있었다.

"오, 여기에는 질이 좋은 철광석이 있네. 신기하다, 그리고 화석도 있어. 그러고 보니 미감정 화석은 [아트리옐]에 꽤 많이 쌓였지."

그렇게 말하고 차례차례 아이템을 회수하던 와중에 어느새 비룡산맥의 중층에 도착했다.

하늘은 깜깜하고 산길도 험했지만, 주위에는 소형 MOB이 나오지 않았고, 중형과 대형 MOB만 있었기 때문에 비교적 적을 발견하기가 쉬웠다.

"뮤우, 전방 약간 오른쪽에서 적이 한 마리 온다!"

나는 [하늘의 눈] 센스의 암시와 [간파] 센스를 이용해 적의 기습을 사전에 탐지하여 뮤우에게 전했다.

"이제야 내가 나설 차례구나! 타쿠 씨, 가요!"

"비룡의 둥지가 있는 곳까지는 아직 거리가 있으니 이 근처에서 몸이라도 풀어둘까."

나타난 것은 와이번이 아니라 조금 작은 아케오프리스라는 중형 MOB이었다.

검은색과 흰색, 붉은색, 푸른색, 그렇게 화려한 깃털이 달려 있고 새와 익룡의 중간 같은 느낌의 적 MOB이 단숨에 달려들었다.

적을 아슬아슬한 거리까지 끌어들인 타쿠와 뮤우는 둘 다 적의 공격을 피한 다음 근처에 있던 바위와 지면을 박차고 아케오프리스의 날개에 참격을 가했다.

그로 인해 균형을 잃고 지면에 떨어진 아케오프리스의 숨통을 끊기 위해 자세를 낮춘 뮤우와 타쿠가 뛰어들었고, 두 사람의 공격이 거의 동시에 들어가자 아케오프리스가 빛의 입자로 변했다.

"고생했어. 역시 전투는 뮤우와 타쿠 군에게만 맡겨도 괜찮을 것 같네."

세이 누나가 가세할 필요조차 없는 싸움 결과를 보고 뮤우는 뽐내는 듯이 가슴을 폈고, 타쿠는 그저 호전적인 미소를 짓기만 했다.

"흐흥, 그렇지! 내가 있으면 아무 걱정 없다니까! 마지막에는 내 일격으로 쓰러뜨렸고! 보아하니 나 혼자 싸워도 와이번을 쓰러뜨릴 수 있겠어."

"뮤우, 그건 흘려 넘길 수가 없겠는데. 마지막 일격은 내가 날렸다고. 그리고 나도 혼자서 와이번을 쓰러뜨리고 알 정도는 채취할 수 있거든."

내가 볼 때 거의 동시에 들어간 것 같은 공격인데 왠지 말싸움을 벌이기 시작한 뮤우와 타쿠.

OSO에서 막타에 특별한 경험치나 드롭 아이템 같은 보너스가 없는데, 두 사람은 왠지 모르겠지만 도발적인 미소를 지으며 서로 노려보고 있다.

"그럼 타쿠 씨, 승부야! 누가 더 와이번을 많이 쓰러뜨릴 수 있는지!"

"바라던 바지! 가자!"

두 사람은 그렇게 말한 다음 중층을 뛰어올라 깜깜한 밤하늘에서 덮쳐드는 아케오프리스를 베어내기 시작했다.

그런 뮤우의 움직임에 맞춰 조명 대신 쓰고 있었던 빛구슬이 멀어졌기에 세이 누나가 인벤토리에서 주위를 비추는 랜턴을 꺼냈다.

"세이 누나, 두 사람을 저대로 내버려 둬도 괜찮을까?"

"괜찮지 않을까? 그건 그렇고 윤. 나도 길드 생산직 애들한테 줄 선물로 약비초하고 혼백초를 가져가고 싶은데."

"그럼 우리 두 사람은 소재를 채취하면서 [비룡의 무정란]을 찾을까?"

세이 누나가 내 제안을 받아들인 다음 내가 앞장서서 아이템을 채취하며 비룡산맥의 상층으로 향했다.

채취한 것은 약비초, 혼백초 같은 약초에 지속성 마법금속인 그란라이트 광석, 바위 틈새에서 새어 나오는 [생명의 물] 등이었다.

그밖에도 약령초와 마령초 같은 약초, 철광석, 은광석 같은 일반 아이템을 채취하여 세이 누나와 나누었다.

사실 더 넓은 범위를 찾아보고 싶지만 채취 범위를 더 넓히면 산길에서 벗어날 가능성이 있다.

"약초 같은 건 이 정도면 되려나? 슬슬 진짜 목적인 [비룡의 무정란]을 찾아야지."

그렇게 말한 다음 약간 떨어진 곳에 떠 있는 빛구슬 아래를 보니 뮤우와 타쿠가 차례차례 덤벼드는 아케오프리스를 쓰러뜨려 나가고 있었다.

뮤우는 수렴광선 마법을 썼고, 타쿠는 참격을 날리는 원거리 공격을 섞어가며 유리하게 싸움을 진행시키고 있었다.

아케오프리스 한 마리가 울음소리를 내자 그 소리를 듣고 다른 아케오프리스가 나오는 식으로 계속 반복되고 있었기에 주위에 있는 아케오프리스를 전멸시키지 않으면 끝나지 않을 것 같다는 생각이 들었다.

나와 세이 보다 먼저 산길을 뛰어올라갔는데, 우글우글 몰려드는 MOB들에게 발이 묶여 있는 뮤우와 타쿠.

"윤, 지금이 기회야! 뮤우하고 타쿠가 아케오프리스를 잡아두고 있는 동안에 우리가 알을 찾자!"

"아, 응. 알았어."

세이 누나가 힘찬 목소리로 말하자 나는 고개를 끄덕이고 세이 누나와 함께 뮤우와 타쿠가 전투를 벌이고 있는 곳을 우회하는 형태로 비룡산맥을 올라갔다.

본의 아니게 미끼 역할을 맡게 된 뮤우와 타쿠를 걱정하면서도 적과 마주치지 않고 쉽사리 상층 근처까지 온 나와 세이 누나는 그곳에서 [비룡의 무정란]을 찾아보았는데…….

"어디 있는 거지?"

상층의 경사에는 구멍이 여러 개 뚫려 있었고, 그 구멍 하나가 와이번 한 마리의 둥지인 모양이었다.

“곤란하네. 어떤 소굴을 찾아야 하는 걸까? 윤, 알겠어?”
“음~. [하늘의 눈]으로도 비룡의 몸에 가려져 있는 건 안 보이니까. 앗, 저 구멍 안에 미스릴 채취 포인트가 있네! 그리고 이쪽 구멍에는 회복효과를 높게 만들어주는 [치유버섯]이 있어!”
“윤…….”
알 찾기와는 상관없는 것에 흥분한 나를 보고 쓴웃음을 짓는 세이 누나.
“구멍을 모두 확인하고 와이번이 없는 소굴이라면 그대로 잠입해서 알을 찾자. 그리고 안에서 자고 있는 소굴이면 어떻게든 해서 와이번을 유인해낸 다음 안을 조사 하는 건 어때? 유인해낸 와이번은 분명히 돌아올 테니 나중 일을 생각하면 먼저 소굴 안에서 쓰러뜨리는 게 편하긴 하지만.”
나와 세이 누나는 어떤 소굴 안에서 와이번이 잠들어 있는 것을 확인한 다음 입구 옆에 있는 바위 그늘에 숨어 유인해내기 위한 작전 준비를 했다.
“좋아, 와라――《소환》.”
나는 [아쿠아젤의 핵석 Lv2]를 사용하여 아쿠아젤 한 마리를 불러냈다.
“너는 이 구멍에 들어가서 이 공 다섯 개를 와이번 옆에 가져다 놓고 와.”
그러자 내가 지면에 내려놓았던 봄 매직 젬 다섯 개를 몸속에 삼킨 아쿠아젤이 출렁, 출렁, 탄력 있는 몸을 튕기며 와이번의 소굴 안으로 매직 젬을 운반했다.

"윤의 아이템은 정말 편리하구나. 내가 소굴 안에 마법을 날리면 금방 들켜버릴 테니까."

"매직 젬은 시간차를 두고 공격할 수 있으니 숨을 시간도 생기고."

임의로 기폭시킬 수 있는 폭탄처럼 사용이 가능한 매직 젬은 매우 편리하고 회수할 필요도 없다. 아쿠아젤 같은 합성 MOB도 저렴한 비용으로 안전하게 지정한 작업을 해준다.

우리는 아쿠아젤이 매직 젬을 설치하고 돌아오기까지 작은 목소리로 이야기를 나누었다.

"그러고 보니 윤은 아직 [지(地)속성 재능]이야? 별로 사용하지 않으니 성장하지 않는 건가?"

"아~, 그러고 보니 레벨이 올라서 상위 센스로 성장시킬 수 있었지."

깜빡했네, 내가 그렇게 말하자 세이 누나가 쓴웃음을 지으며 상위 마법에 대해 가르쳐주었다.

"그럼 취득하는 게 좋을 거야."

"그럼 그렇게 할까."

나는 메뉴를 띄우고 SP 2를 소비하여 [지속성 재능]을 상위인 [대지속성 재능] 센스로 성장시켰다.

[지속성 재능]으로 쓸 수 있었던 마법을 그대로 쓸 수 있긴 하지만 새로 취득한 [대지속성 재능]은 레벨이 1부터 시작하게 되었기에 새로운 마법은 아직 추가되지 않았다.

"어라? 마법 스킬이 추가되지 않았네?"

"그래. 상위 속성 재능 센스는 마법을 많이 배울 수가 없어. 레벨을 올려서 배울 수 있는 것도 10레벨에 한 번씩이고. 하지만 하위 속성 재능으로 배운 마법을 계속 사용하다 보면 거기에서 파생된 마법을 배울 수도 있어."

나는 그렇게 설명해주는 세이 누나의 말에 귀를 기울였다.

파생마법을 배우려면 내가 [요리] 센스로 배웠던 《식재료의 소양》처럼 어떤 조건이 필요할 것이다.

그렇게 생각하며 듣고 있었는데 중간에 세이 누나가 곤란하다는 듯한 표정을 짓고 있었다.

"하지만 보통 상위 센스를 취득한 시점에서 하위 센스로부터 파생된 마법 스킬 취득 조건을 충족시키는 경우가 대부분일 텐데, 윤은 하나도 배우지 못했다고 하니 신기하네."

"일단 마법은 쓰긴……."

하는데, 그렇게 말하려다 어떤 가능성이 떠올랐다.

내가 가지고 있는 [부가술] 센스에 있는 《기능부가》라는 스킬은 아이템에 자신이 지니고 있는 스킬을 부여하여 그것을 임의로 발동시킬 수 있는 스킬이다.

그 스킬로 만든 아이템 중 대표적인 사례가 좀 전에 아쿠아젤에게 운반시키게 한 매직 젬이다.

그 성질상 아이템에 스킬을 인챈트시킴으로써 [부가술]과 [지속성 재능] 센스의 레벨을 올리는 데도 공헌한 바 있다.

하지만—— 만약 세이 누나가 말했던 파생마법 취득에 필요한 마법 사용 횟수로 카운트되지 않았다면…….

"윤, 왜 그래?"

"세이 누나…… 나, 마법을 전혀 쓰지 않았던 건지도 몰라."

조용히 중얼거리며 어깨를 축 늘어뜨린 나를 달래려는 듯이 세이 누나가 내 머리를 쓰다듬었다.

그리고 내가 이유를 설명하자 어머어머, 그렇게 말하며 곤란한 듯이 미소를 짓는 세이 누나.

"그런 이유라면 어쩔 수 없겠네. 하지만 파생마법은 그렇게 취득이 어려운 건 아니니까 이제부터 조금씩 마법을 쓰도록 하자."

"응. 그렇게 할게."

그런 이야기를 하고 있자니 매직 젬 운반을 부탁했던 아쿠아젤이 돌아왔다.

보아하니 비선공 MOB인 와이번은 작은 슬라임 계열 합성 MOB에게 반응하지 않았던 모양인지 무사히 귀환할 수 있었다.

"자, 윤. 폭발시키고 소굴 안을 확인해보자."

"그래, 그 전에…… 너희들도 도와줘! ──《소환》!"

소굴에 설치한 매직 젬을 폭발시키기 전, 이번에는 수십 마리의 슬라임 계열 합성 MOB을 주위에 불러낸 다음 어떤 지시를 내렸다.

"다들 조용히, 몰래, 이 구멍 말고 다른 구멍 얕은 곳에 있는 아이템을 회수해줘!"

내가 지시를 내린 것과 동시에 합성 MOB들이 제각각 흩어져 이곳저곳에 있는 소굴을 향해 출렁출렁 나아갔다.

"좋아, 잘만 하면 이번에 목표 아이템을 회수할 수도 있겠지."

"윤은 뭐든 재미있는 방식으로 사용하는구나. 자, 이번에는 진짜로 이 소굴을 확인해보자."

"그럼 간다── [봄]!"

나는 키워드를 외쳐서 아쿠아젤이 두고 온 매직 젬을 기동시켰다. 와이번의 소굴에서 한순간 섬광이 새어 나온 것이 보인 직후, 매직 젬의 다중 폭발이 소굴을 뒤흔들며 비룡의 잠을 방해했다.

『GYAAAAAA──.』

포효하며 느릿느릿 소굴 바깥으로 모습을 드러낸 와이번은 겨울 한정 퀘스트 이벤트 때 보았던 레이드 보스 와이번 아종과 비교해 꽤 작았고 녹색 비늘과 박쥐 같은 날개가 달려 있었다.

그리고 산맥 경사를 도움닫기 하듯이 뛰어내려간 다음, 그대로 깜깜한 하늘로 날아올랐다.

●

"들키지 않은 모양이구나. 그럼 조사해보자."

세이 누나와 나는 와이번이 날아간 뒤에 소굴을 향해 서

둘러 뛰어가기 시작했다.

그리고 [비룡의 무정란]을 확보하기 위해 소굴 안을 찾아보다가 발견한 것은――.

“우와, 이거 전부 다 보석 원석인가?”

와이번의 소굴 안쪽에는 돌이 산더미처럼 쌓여 있었다. 그것도 전부 다 매직 젬을 만들 때 쓰는 중간 사이즈 이상의 보석 원석이었다.

나는 눈을 반짝이며 그 보석 더미 쪽으로 다가가서 하나하나 확인했다.

“이건 루비, 이쪽은 사파이어, 그리고 에메랄드, 토파즈, 가넷! 여러 종류가 모여 있네!”

“음~. 퀘스트 목표는 아니지만 수확으로 따지면 당첨이겠네. 모처럼 찾은 거니 가져가자.”

세이 누나와 나는 그렇게 말한 뒤 보석 원석을 나눠서 회수했다.

인벤토리에 넣어서 분류된 원석을 확인해보니 보석 원석이 약 9할, 금과 은, 미스릴 등의 금속 광석이 나머지 약 1할, 그리고 극히 소수의 화석 등이 섞여 있었다.

내 [세공] 계열 센스는 광석과 보석 원석을 감정할 수 있지만 그것들을 제외한 화석 등의 아이템은 자세한 감정을 할 수가 없다.

그때, [세공] 계열 센스가 없는 세이 누나가 어떤 아이템을 발견하고 내게 보여주었다.

"저기, 윤. 이 예쁜 것도 보석이야? 각도에 따라 다르게 빛나는데."

"세이 누나! 이건 희귀한 거야! 이거 오팔화된 화석이야!"

분류를 따지면 화석이기 때문에 자세한 감정은 전문 NPC에게 맡기거나 화석 감정을 할 수 있는 센스가 필요하겠지만, 이 아이템은 화석이면서 보석으로도 분류되기 때문에 내 센스로도 감정할 수 있었다.

하나는 [용골의 화석 보석]이라는 유백색 윤기가 있는 작은 뼈였고, 다른 하나, [용아의 화석 보석]은 바다처럼 푸른 색을 띠며 빛나는 아이템이었다.

"호오, 대단하네. 화석 중에는 이런 것도 있구나."

"그런데 이건 어디다 쓸 수 있을까? 보석 가공품?"

"그렇지. 평범한 화석은 복원해서 [○○의 용뼈 · 이빨]같은 느낌으로 만들 수 있겠지만 이건 보석이 된 화석이니까 복원하는 대신 보석 계열 생산 소재로 쓸 수 있을 거야."

"그렇구나. 첫 참배 때 빌었던 소원이 벌써 이루어진 건가?"

드롭 아이템 운이 없는 세이 누나는 그렇게 말하며 살짝 미소 지었다.

그때——.

『GYAAAAAA——.』

동굴 바깥에서 비룡이 포효하는 소리가 들리자 우리는 느슨해졌던 마음을 바로잡았다.

"윤, 슬슬 와이번이 돌아온 모양이야. 우리도 이쯤하고 돌아가자.”

“알았어. 마주치고 싶지는 않으니까.”

와이번의 소굴은 안이 막힌 동굴이기 때문에 바깥으로 나간 와이번이 돌아오게 되면 도망칠 곳이 없어진다.

그런 상황을 피하기 위해 나와 세이 누나는 소굴에 쌓여 있던 보석 원석 중 3할 정도를 남겨두고 회수한 다음 서둘러 그곳에서 탈출했다.

그리고 잠시 후, 자신의 소굴 주위를 살펴보고 이상이 없다고 생각하며 안심한 와이번은 소굴 안으로 돌아갔다.

우리가 와이번이 쌓아두었던 보석 원석 중 7할 정도를 빼앗아왔지만, 딱히 소굴 안이 시끄러워지는 것 같지는 않았다.

그리고 나와 세이 누나는 다음 소굴로 가서 좀 전과 마찬가지 방법을 사용해 안에 있던 와이번을 쫓아냈다.

그리고 이번 소굴 안에 뭐가 있을지 기대하면서 본 것은 까맣게 마른 흙이 산더미처럼 쌓인 것이었다.

“윽, 이 냄새는 뭐야?”

세이 누나가 손수건을 꺼내 입가를 막으며 다가가는 것을 망설였지만, 나는 냄새를 참고 인벤토리에서 농사용 삽과 광석 운반용 마대자루를 꺼낸 다음 삽으로 그 까만 흙을 자루 안에 넣고 회수했다.

그리고 인벤토리 안에서 확인한 그 아이템의 이름은——

[비룡의 똥]이었다.

"……으앗, 이런 아이템도 있구나. 이거 완전히 꽝 소굴인데."

내가 그렇게 말하자 세이 누나가 말을 걸었다.

"윤, 뭔가 알아냈어?"

"여기는 완전히 꽝이야. [비룡의 무정란]도 없고, 악취를 풍기는 [비룡의 똥]밖에 없어."

"그렇다면 얼른 여기서 나가자. 흑흑, 난 역시 아이템 운이 없네!"

좀 전에 보석이 된 화석을 손에 넣어서 아이템 운이 좋아졌나 싶었는데 단숨에 곤두박질쳐서 약간 울상을 짓고 있는 세이 누나.

세이 누나가 재빠르게 철수하자고 판단한 것은 이 소굴이 꽝이기도 하지만, 이렇게 악취가 심한 곳에 1초도 더 있고 싶지 않다는 마음 때문이기도 할 것이다.

나도 얻을 것이 없는 이 소굴에서 얼른 나가려고 한 발짝 내딛으려다 아이디어가 떠올랐다.

이 까만 흙, [비룡의 똥]을 [아트리엘]의 약초밭에서 써먹을 수 없을까.

뼛가루나 마른 들풀에 희귀한 [비룡의 똥]을 섞은 비료를 만들 수 있다면 약초 수확량이 늘어나고 품질이 향상될지도 모른다.

그렇게 생각한 나는 [비룡의 똥]이 산더미처럼 쌓여 있는 곳으로 돌아가 마대 자루 네 개 정도의 분량을 재빠르게 인벤토리에 회수한 다음 세이 누나를 뒤쫓아 소굴에서 나왔다.

"휴우, 바깥의 공기가 맛있게 느껴지네."

"……윤, 늦게 나왔는데 뭐했어?"

대성당에서 신에게 소원을 빌었는데도 아이템 운이 좋아지지 않은 세이 누나는 와이번에게 들키지 않게끔 바위 그늘에 주저앉아서 힘없는 목소리로 내게 물었다.

"그 똥이 [아트리엘]의 약초밭에서 쓸 비료 재료가 될 것 같아서 조금 회수해왔어!"

내가 그렇게 설명하자, 세이 누나는 나를 따스한 눈초리로 바라보았다.

"윤이 왠지 부럽네. 꽝인 소굴에 걸렸는데도 즐길 수 있는 구석이……."

약간 부러워하는 것 같지 않은 느낌이 들어서 고개를 갸웃거리자 그런 내 모습을 본 세이 누나가 쿡쿡대며 웃고 기운을 되찾았다.

"응, 이제 괜찮아. 드롭 아이템 운이 나쁜 건 어제 오늘 일이 아니니까. 자, 다음에는 꼭 [비룡의 무정란]을 찾아내자."

세이 누나가 한 말을 듣고 고개를 끄덕인 다음 이제 다음 소굴로 가자고 생각하고 있자니 우리가 있던 소굴 아래쪽에서 새빨간 불기둥이 치솟았고, 하늘을 향해 수렴광선이 여러 줄기 날아갔다.

"뭐지?!"

"뮤우하고 타쿠가 상층에 도착했구나. 그리고 우리가 이 소굴에서 쫓아낸 와이번, 그리고 다른 와이번에게 걸린 모양이야."

세이 누나가 올려다본 곳에는 와이번의 브레스 찌꺼기가 공중에서 타닥타닥 흩날리고 있었다.

세이 누나는 암시 센스가 없지만 눈으로 그 찌꺼기가 두 개 분량이라는 것을 확인하고 그렇게 판단한 모양이었다.

실제로 [하늘의 눈]을 지니고 있는 나는 와이번이 두 마리 있다는 것을 확실하게 확인했다.

그리고 전투를 벌이고 있던 뮤우와 타쿠는――.

"타쿠 씨하고 잡은 숫자는 동점! 저 와이번 두 마리를 쓰러뜨리면 내가 앞서나가겠네!"

"그렇게 될 것 같아? 내가 먼저 쓰러뜨려주지!"

너희들, 원래 목적을 잊고 무슨 경쟁을 하는 거야? 내가 그렇게 생각하며 어이없게 내려다보고 있자니 세이 누나가 약간 장난기 어린 미소를 지었다.

"저기, 윤. 지금 저 두 마리를 우리가 쓰러뜨리면 어떻게 될까?"

"그야 승부를 낼 수 없으니 분명 분하겠지…… 아, 그런 거구나."

세이 누나는 두 사람의 분한 표정을 보기 위해 우리 둘이서 쓰러뜨리자고 한 것이다.

나도 평소 때 자유롭게 행동하는 두 사람에게 어느 정도

복수를 하고 싶다는 마음이 생겨서 약간 짓궂은 미소를 지었다.

뮤우와 타쿠보다 높은 위에 있는 우리는 충분히 와이번 두 마리를 노릴 수 있는 사정거리 안에서 때를 기다렸다.

뮤우와 타쿠는 서로 협력하면서도 자신이 일격을 날리기 위해 간격을 신경 쓰지 않은 채 싸우고 있었다. 한편, 와이번 두 마리의 HP는 점점 줄어들었다.

그리고 남은 HP가 3할 아래로 떨어졌고――.

"윤!"

"세이 누나! 가자! 《인챈트》―― 인텔리전스! 《엘레멘트 인챈트》―― 웨폰!"

나는 세이 누나에게 마법공격 상승 인챈트와 무기에 수속성 상승 엘레멘트 인챈트를 걸었다.

"《존 커스드》―― 마인드!"

그리고 마법방어 저하 커스드와 [하늘의 눈] 스킬을 조합시켜 눈으로 볼 수 있는 범위에 있는 여러 적 MOB에게 커스드를 걸었다.

그렇게 사전 준비를 한 내게 고개를 끄덕인 세이 누나는 지팡이를 들어 올린 뒤 와이번을 향해 휘둘렀다.

"떨어지렴―― 《메일 슈트롬》!"

세이 누나가 휘두른 지팡이 끝, 와이번 두 마리의 아래에서 물이 폭발한 듯이 솟구쳤고, 와이번 두 마리의 거대한 몸을 집어삼키면서 공중으로 밀어 올렸다.

갑작스러운 사태로 인해 깜짝 놀라 움직임이 멎은 뮤우와 타쿠 눈앞에서 거대한 물의 소용돌이가 와이번을 산맥의 바위에 내동댕이치며 거세게 회전했다.

물의 위력이 더욱 커졌고 바위 오브젝트를 몇 개 부술 때마다 와이번 두 마리의 남은 HP가 단숨에 깎여나갔다.

마지막 바위에 내동댕이쳐졌을 때, 와이번 두 마리는 바위와 회전하는 고압력 물 사이에 끼게 되었고, 와이번 두 마리 중 한 마리는 포효 한 번 하지 못하고 빛의 입자가 되어 사라졌다.

"음~. 한 마리는 HP가 조금 남아버렸네. 윤, 부탁할게."

"라져."

세이누나의 마법은 예전에 봤을 때보다 위력이 강했지만 먼저 쓰러진 와이번이 쿠션 역할을 했는지 다른 한 마리에게 입힌 대미지가 약간 줄어든 모양이었다.

뮤우와 타쿠는 눈앞에서 벌어지고 있는 광경을 보고 놀라면서도 빈사 상태인 와이번을 해치우기 위해 뛰어가기 시작했다.

하지만 나는 그 전에 장궁에 화살을 메기고 활시위를 당긴 뒤 아츠를 발동시켰다.

"——《궁기 · 단발꿰기》!"

활시위를 당긴 장궁에서 날아간 화살 한 대가 깜깜한 밤을 뚫고 일직선으로 날아갔다.

세이 누나의 공격으로 인해 추락했던 와이번이 다시 날아오르려고 날개를 펼친 순간, 내가 날린 화살이 이마에 깊게 박혔고 한순간 정적이 찾아왔다.

그 직후, 거대한 몸이 쓰러지는 묵직한 소리와 충격음을 울리며 와이번이 천천히 옆으로 쓰러졌고 마지막에는 빛의 입자가 되어 사라졌다.

"윤, 훌륭해! 그럼 뮤우하고 타쿠와 합류하자."

세이 누나가 밝은 목소리로 그렇게 말하자 나는 고개를 끄덕이고 갑작스러운 사태로 인해 멍해진 뮤우와 타쿠가 있는 곳으로 내려갔다.

"이놈, 둘 다 언제까지 놀고만 있을 거야? 원래 목적을 잊어버리면 안 되지."

세이 누나가 살짝 꾸짖으며 모습을 드러내자 와이번 두 마리를 해치운 것이 우리라는 것을 눈치챘는지 뮤우가 토라진 듯이 입술을 삐죽댔고, 타쿠는 쓴웃음을 지었다.

"으, 나도 알아! 그래도 타쿠 씨하고 승부가!"

"이번에는 무승부네. 그건 그렇고 마지막에는 윤하고 세이 씨한테 완전히 뺏겼는데."

이번에는 다른 승부로 결판을 낼까, 타쿠가 그렇게 말하자 뮤우도 의욕이 넘치는 것 같았지만 그 전에 해야 할 일이 있다.

"자, 쓰러뜨린 와이번의 소굴을 확인하러 가자."

"그래. 방금 그 두 마리 중 한 마리는 우리가 소굴 안을 조사하기 위해서 바깥으로 유인해낸 와이번이고 이미 확인이 끝났으니 다른 한 마리 쪽 소굴로 가자."

세이 누나가 그렇게 말하자 뮤우가 힘차게 손을 들고 그 자리에서 여러 번 뛰어올랐다.

"저요저요~! 내가 그 와이번이 어떤 소굴에서 나왔는지 봤으니까 안내할 수 있어!"

그렇게 말하고 뛰어오르던 기세를 그대로 살려 뛰어갔기에 우리도 그 뒤를 따라갔다.

그리고 그 소굴 안에 들어가 보니――.

"해냈어! [비룡의 무정란]을 입수했어!"

뮤우는 제일 먼저 소굴의 안쪽에 도착해서 농구공 정도 크기의 타원형 알을 들고 돌아섰다.

비룡의 알은 두 팔로 떠안고 들 수 있을 정도로 컸고, 뮤우의 뒤에는 그것 말고도 다른 알이 몇 개 아무렇게나 굴러다니고 있었다.

우리는 [비룡의 무정란]을 인벤토리에 회수한 다음 메뉴의 퀘스트 항목에서 센스 확장 퀘스트의 첫 번째 시련을 달성했다는 것을 확인했다.

"이제 겨우 첫 번째 달성인가? 밤중에 시작해서 그런지 피곤해."

나는 퀘스트를 달성했다는 것을 기뻐하기보다 끝났다는 실감이 든 직후에 밀려드는 졸음으로 인해 하품을 했다.

그런 나를 훈훈하게 바라보는 세이 누나.

"좀 피곤하긴 하니까 여기서 좀 쉬었다 갈까? 와이번은 한 번 쓰러뜨리면 한나절 동안은 리젠되지 않으니까, 지금 여기는 유사 세이프티 에리어야."

세이 누나의 말에 맞장구를 친 뒤 나는 그 자리에 돗자리를 깔고 클로드네 가게에서 받은 한정 과자와 차를 꺼냈다.

뮤우와 타쿠는 기뻐하며 그것을 먹었고, 뮤우는 금방 졸리기 시작했는지 고개를 꾸벅이며 내 어깨에 기댔다.

그런 뮤우를 보고 있던 나도 졸려서 점점 눈꺼풀이 무거워졌고, 잠에 빠졌다.

——그리고 얼마나 잠들어 있었을까.

어느새 누워서 자고 있던 내가 어깨를 흔드는 느낌 때문에 눈을 떠보니 약간 밝아진 동굴 안이 보였고, 내 몸에는 큰 타월 같은 것이 걸쳐져 있었다.

"……어라? 타월을 덮어줬구나. 고마워."

"윤, 일어날 수 있니?"

"응, 괜찮아."

내게 몸을 기대고 잠들었던 뮤우도 누워 있었고, 품안에는 합성 MOB인 히트젤을 껴안고 있었다.

"……왜 뮤우는 이런 걸 끌어안고 있는 거야?"

"후후후, 윤이 소굴의 아이템 회수 작업을 하려고 불러낸 애들이 좀 전에 돌아왔는데, 그 애만 뮤우에게 붙잡혀버린 모양이야."

그 말을 듣고 주위를 보니 동굴 한켠에 아이템이 쌓여 있었고, 회수작업을 마친 슬라임 합성MOB들이 모여서 대기하고 있었다.

회수한 아이템을 운반하던 히트젤을 잠결에 붙잡은 뮤우의 모습이 눈에 선해서 훈훈하게 바라보고 있자니 그 당사자가 깨어나서 눈을 비비며 하품을 했다.

"어라? 오빠, 언니? 좋은 아침이야~."

아직 잠에 취해 있는 뮤우는 멍한 미소를 지으며 나와 세이 누나에게 고개를 숙였는데 껴안고 있던 히트젤이 미묘한 형태로 짓눌리는 것을 보니 좀 걱정이 되었다.

그때, 동굴 바깥에 나가 있었던 모양인 타쿠가 돌아왔다.

"오~, 이제야 일어났냐. 좋은 곳을 찾아냈으니까 회수한 아이템을 정리하고 따라와."

타쿠가 한 말을 듣고 나와 세이 누나, 타쿠 셋이서 슬라임들이 회수한 아이템을 나누어 인벤토리 안에 넣기 시작했다.

아직 졸린 모양인 뮤우는 히트젤을 껴안은 채 잠을 깨기 위해 차를 마시며 멍하니 있었다.

"그건 그렇고 슬라임을 풀어서 아이템을 회수하게 시키다니, 윤은 참 알뜰하구나."

"그래?"

타쿠가 한 말을 듣고 내가 그렇게 대답하자 세이 누나는 아무런 말도 하지 않고 쿡쿡대며 웃었다.

그리고 아이템과 슬라임들을 회수하자, 뮤우도 완전히 깨어났기에 타쿠가 안내하려는 곳으로 모두 함께 가기로 했다.

지금 같은 새벽은 현실과 마찬가지로 가장 어두웠다.

[하늘의 눈]의 암시 성능을 지닌 나도 약간 알아보기 힘들게 느껴지는 산길을 올라가는 타쿠 뒤를 따라가 보니 대충 목적을 짐작할 수 있었다.

"좋아, 도착했어. 이제 5분 정도 지나면 뜨겠지."

그리고 우리는 해가 뜨기까지 조용한 시간을 보냈다. 그 시간이 묘하게 기분이 좋았고, 천천히 뜨기 시작한 햇빛을 받는 세계를 바라보았다.

"저번에는 다른 곳에서 이 세계의 해돋이를 보았는데, 장소가 바뀌니 해돋이 모습도 바뀌는구나."

예전에 제1의 마을을 내려다볼 수 있는 북쪽 절벽 위에서 보았던 해돋이는 왼쪽에서 해가 떴었지만, 이번에는 지평선에서 떠오르는 태양을 정면으로 바라보고 있다.

그렇게 잠시 조용히 해를 보고 있던 우리는 곁눈질만으로 마음을 서로 전하고는 미소를 지으며 해를 향해 소리쳤다.

『――새해 복 많이 받으세요!』

일단 새해가 되었을 때 밤에도 넷이서 살짝 새해 인사를 나누긴 했지만 이번에는 해를 향해 넷이서 일제히 새해 인사를 했다.

비룡산맥에서 퀘스트를 무사히 달성한 우리는 그대로 잠시 해를 바라보고 난 뒤 그 자리에서 로그아웃했다.

2장 하다 만 퀘스트와 배 속의 대장간

새해에 센스 확장 퀘스트의 첫 번째 시련을 밤새 감행한 반동으로 인해 로그아웃한 뒤 신정 하루 종일 나와 시즈카 누나, 미우 세 명은 설날 요리를 먹은 다음 바로 푹 잠들어 버려서 다음 날에나 깨어났다.

미우는 혼자 새해의 늘어지는 분위기에 취해서 다음 날 아침 설날 요리를 먹은 다음 눈을 붙이겠다고 하면서 다시 자기 시작했기에 OSO에 로그인하려면 아직 시간이 걸릴 것이다.

나와 시즈카 누나는 함께 거실을 정리하고 점심식사 준비를 한 뒤 OSO에 로그인해서 내 가게인 [아트리엘]에서 다음 시련에 대해 이야기를 나누고 있었다.

"윤, 두 번째 시련은 괜찮을 것 같아? 보스하고 싸울 수 있을 것 같아?"

"음~. 문제는 없을 것 같긴 해. 보스는 무섭지만."

센스 확장 퀘스트의 두 번째 시련은 고원 에리어 너머에 있는 마을에 [유행병의 약]이라는 퀘스트 아이템을 가져다주는 것이다.

퀘스트 아이템인 [유행병의 약]은 이미 신부 NPC에게 중요 아이템이라며 받은 상태다.

만약 퀘스트용 생산 아이템이었다면 내 [조합] 실력을 발휘했을 텐데, 편하긴 하지만 좀 아쉽기도 하다.

"그렇다면 두 번째 시련 관련으로 이곳에서 할 수 있는 작업은 끝난 건가?"

"그렇지. 그럼 나는 해두고 싶은 작업을 시작할게."

나는 그렇게 말한 다음 두 번째 시련은 일단 제쳐두고 [아트리엘] 밖에 있는 밭에서 NPC인 쿄코 씨와 함께 도구를 갖추기 시작했다.

농사용 삽과 괭이, 나무판자와 목제 망치, 그리고 밭의 경계선을 표시할 용도로 돌을 연금하여 만들어낸 농구공 크기의 돌. 그리고 농사 단순노동용인 슬라임 합성 MOB을 몇 마리 준비하고 있자니 밭을 확장하는 모습을 구경하기 위해 파트너인 유니콘 뤼이와 검은 여우 자쿠로가 밭에 인접해 있는 우드덱에서 밭을 보고 있었다.

연말에는 바빴기 때문에 사전준비밖에 하지 못했지만, 모든 준비가 끝난 지금은 금방 할 수 있을 것 같았다.

"자, 시작하자."

"저기, 윤이 뭘 시작하려는 거야?"

세이 누나는 내가 하려는 일이 신경 쓰였는지 뤼이와 자쿠로가 있는 우드덱에서 이쪽을 보며 물었다.

"응? 밭을 확장시키는 작업이야. 요즘에는 키우던 약초 같은 게 많이 늘어나서 좁게 느껴지길래 인접해 있는 땅을 샀는데, 그곳을 경작해서 밭을 넓힐 거야."

네 개 분량의 토지를 구입함으로써 600만 G가 사라졌지만, 지금까지 모아둔 돈도 있고 포션을 좀 팔면 어느 정도 회수할 수 있다.

"그렇구나. 그럼 나는 길드 쪽 상황을 좀 보러 다녀올게. 조사할 것도 있으니까 끝나면 다시 돌아올 거야."

"알았어. 좋았어, 해보자!"

나는 그렇게 말한 다음 바로 쿄코 씨와 함께 새로운 밭을 만들기 시작했다.

땅 네 개 중 두 개는 메가 포션과 MP 포트 소재인 약비초와 혼백초 밭을 만들 예정이었다. 내가 괭이로 땅을 갈기 시작했고, 다 간 곳에 쿄코 씨가 씨앗을 뿌렸다. 그리고 슬라임들이 그 위에 흙을 덮고 물을 뿌렸다.

마무리로 밭의 경계선을 알아볼 수 있게끔 슬라임들이 양동이 릴레이를 하는 듯이 가져온 농구공 크기의 돌을 나와 쿄코 씨가 설치했고, 잠시 후 밭이 완성되었다.

"좋았어, 이제 예비 밭 근처를 비료 보관소로 만들까?"

예전에는 필요해지면 즉석에서 소재를 모아 비료를 만들곤 했지만 이렇게까지 넓어졌으니 만들어둘 필요가 있을 거라는 생각이 들었기에 이번에 급하게 만들기로 했다.

"자. 나무로 틀을 만들고 그 안에서 비료를 섞어볼까."

[아트리엘]에서 가장 멀리 있는 밭의 가장 멀리 있는 곳에 만든 비료 보관소에 있는 커다란 상자 안에 소재를 넣었다.

부엽토, 뼛가루, 마른 들풀, 그리고 이번에 손에 넣은 [비룡의 똥]까지 넣고 삽으로 섞었다.

그리고 인챈트로 내 스테이터스를 올리며 비료를 섞다 보니 예전에는 고생했던 농사도 꽤 편해졌다는 실감이 들었다.

그리고 완성된 비료는——.

중급 비료 [소모품]

상위 소재의 재배수와 품질 향상에 기여한다.

기대했던 대로 아이템이 완성되어서 바로 슬라임들에게 지시해 비료를 밭 전체에 뿌리자마자 금방 사라져버렸기에 다시 만들기로 했다.

"내일 약초 수확하는 게 기대되네. 얼마나 질이 향상된 아이템이 많이 나오려나."

나는 내일 수확을 기대하며 [아트리엘]에 인접해 있는 땅 앞에 섰다.

그것이 마지막 작업이라는 것을 눈치챈 뤼이와 자쿠로는 우드덱에서 나와 내 옆으로 달려와서 지금부터 시작할 일을 기다리고 있었다.

"여기 레이아웃을 정하는데 시간이 많이 걸렸지."

나는 그렇게 말하고 그 땅 앞에서 쿄코 씨, 뤼이, 자쿠로와 나란히 서서 메뉴를 띄우고 어떤 아이템을 사용했다.

그것은 연말 크리스마스 이벤트 보수로 이벤트 기간 중에 모은 퀘스트 칩으로 교화한 [인스턴트 하우스], 즉석에서 간단한 집을 세울 수 있는 아이템이다.

이것을 손에 넣은 다음에 [아트리엘]과의 위치 관계 등을 고려하다 보니 좀처럼 설치하지 못했는데, 오늘 설치할 수 있게 되었다.

"자, 해보자. ――[인스턴트 하우스] 설치!"

내가 메뉴의 아이템란에 있던 [인스턴트 하우스]를 사용하자 지정된 땅이 푸르스름하게 빛났고 그 안에서 건물이 솟아올랐다.

눈 깜짝할 새에 내가 만들어낸 즉석 집이 세워져 있었다.

지붕을 비스듬하게 잘라낸 것 같고 전면이 유리인 건물이었다.

그 안에는 바닥이 없고 그냥 지면이었고, 그곳을 창문 모양으로 4등분하는 벽돌 바닥 통로가 나 있었다. 통로가 교차하는 가운데 부분에는 원형으로 벽돌이 깔려 있었고, 그곳에는 목제 테이블과 의자 몇 개가 마련되어 있었다.

그렇게 네 개로 나뉜 밭에는 기온의 변화에 약한 상태이상 회복 계열 약초를 재배할 예정이다.

나는 쿄코 씨와 뤼이, 자쿠로를 데리고 유리 하우스 안과 주위를 천천히 돌아다니며 확인했다.

뤼이는 전면이 유리인 건물 중 햇빛이 잘 들어오는 가운데 근처에 앉아 자기 편한지 확인했고, 자쿠로는 유리 하우스 안이 따뜻하고 넓어서 그런지 신이 나서 달려 다녔다.

잠시 자유롭게 지내던 뤼이와 자쿠로는 내가 있는 곳으로 돌아와 기분 좋다는 듯이 꼬리를 흔들고 있었다.

“마음에 든 모양이구나. 그럼 하우스 안의 온도도 문제없으니 씨를 뿌리거나 비료를 뿌리는 건 나중에 하기로 하고 슬슬 [아트리엘]로 돌아갈까.”

유리 하우스는 온실 재배밭 겸 휴식 장소다. 다시 말해 자라난 식물의 모양 같은 것도 고려할 필요가 있기 때문에 어디에 뭘 심을까, 그렇게 레이아웃을 정한 다음 재배하기 시작할 예정이다.

유리 하우스에서 [아트리엘] 입구로 돌아온 우리 앞에는 가게 바로 옆에 세워져 있는 유리 건물을 멍하게 올려다보고 있던 세이 누나가 있었다.

“세이 누나, 어서 와. 길드 쪽은 어때?”

“앗, 윤. 응, [팔백만] 쪽은 문제없었어. 이쪽에는 내가 잠시 다녀온 사이에 건물하고 밭이 늘었네. 윤, 밭을 확장하는 작업을 했었지? 이런 건물을 언제 지은 거야?”

고민하는 듯이 볼에 손을 대고 유리 하우스를 올려다보던 세이 누나는 몇 초 정도 눈을 감은 다음 평소 모습으로 돌아왔다.

“뭐, 윤이니 어쩔 수 없겠지.”

“뭐야, 말투가 좀 마음에 걸리는데…… 뭐, 차라도 마실래?”

유리 하우스 안에도 테이블과 벤치가 있긴 하지만, 아직 아무것도 재배하지 않아 썰렁한 곳이기에 평소처럼 [아트리엘] 안으로 돌아왔다.

“자, 길드에서 좀 조사해온 게 있는데 들어볼래?”

차를 준비하고 있던 내게 세이 누나가 그런 말을 꺼냈기에 나는 말없이 고개를 끄덕이고 귀를 기울였다.

"고원 에리어의 라이트닝 호스에 대해 조사해 왔어."

세이 누나가 그렇게 말하자 뤼이가 귀를 쫑긋 세웠다. 같은 말 형태의 MOB이기 때문에 흥미가 있는 것 같은데, 세이 누나가 그 다음에 한 말을 듣고 아쉽다는 듯이 귀가 원래대로 돌아갔다.

"아쉽지만 라이트닝 호스에게 이겼다는 정보는 찾지 못했어."

"그렇구나."

"일단 그곳은 최전선 에리어 중 하나니까 도전했다가 진 사람의 정보는 얻을 수 있었어. 그걸 통해 라이트닝 호스의 행동 패턴을 예측할 수도 있겠지."

라이트닝 호스의 행동 패턴은 첫 번째 공격 때 강력한 기술을 사용하고, 그런 다음에는 자유자재로 뛰어다니며 뇌격을 몸에 두른 채 돌격을 가한 다음, 거리를 벌리곤 해서 좀처럼 공격을 맞추기 힘들다는 모양이었다.

그런 반면, 방어능력은 낮게 설정되어 있는 것 같다.

"그리고 세 번째 시련인 [황제무지벌레]라는 MOB의 정보도 조사해봤는데, 알아내지 못했어."

"센스 확장 퀘스트의 난이도가 생각했던 것보다 높은 건지도 모르겠네."

"그래. 첫 번째 시련인 비룡산맥도 채취 퀘스트이지만 최전선 중 하나라고도 할 수 있으니까."

나는 방금 끓인 차를 컵에 따르고 나서 세이 누나와 함께 한 모금 마셨다.

"응. 맛있네. 윤, 고마워."

"별 말씀을. 그런데 이대로 정보가 별로 없는 상태에서 도전해야만 하는 건가?"

게다가 네 명 파티로 라이트닝 호스에게 도전하는 건 힘들 것 같다. 그렇게 생각하면서 뮤우와 타쿠에게도 이야기할 필요가 있겠다고 생각하고 있자니 세이 누나가 뮤우에게 메시지를 받은 모양이었다.

"뮤우는 좀 전에 일어나서 타쿠 군하고 합류한 모양이야. 지금 이쪽으로 온대."

"그렇구나. 그럼 차를 준비해두어야겠네."

내가 그렇게 말하며 추가로 두 명 몫의 찻잔을 준비하고 있자니, 뮤우가 힘차게 가게 안으로 들어왔다.

"바로 옆에 유리 건물이 세워져 있고 밭이 넓어졌는데, 언제 지은 거야?!"

그렇게 말하는 뮤우와는 달리 유리 건물이 무엇인지 알고 있던 타쿠는 뮤우를 따라서 [아트리엘]로 들어오며 약간 감탄한 듯한 모습으로 창밖에 펼쳐진 밭을 바라보았다.

"[인스턴트 하우스]는 저런 느낌이구나. 저렇게 넓게 밭을 확장시킬 줄은 몰랐는데."

뮤우가 곧바로 뤼이와 자쿠로 쪽으로 돌격해서 끌어안는

것을 보고 우리는 쓴웃음을 지었다.

"윤하고 세이 씨가 먼저 회의를 하고 있었던 거야?"

"그래. 마침 세이 누나와 라이트닝 호스의 정보가 별로 없다는 이야기를 하고 있었는데."

타쿠는 뭔가 생각하는 듯한 모습을 보이다가 곧바로 굳은 표정을 지으며 말했다.

"지금은 타이밍이 안 좋으니까 라이트닝 호스와 싸우는 건 뒤로 미뤄두는 게 좋겠어."

"어째서?"

내가 고개를 갸웃거리며 묻자, 뤼이와 자쿠로를 끌어안고 있던 뮤우가 대신 대답해주었다.

"지금은 고원 에리어가 폭주할 타이밍이야. 그러니까 바로 도전하면 난이도가 올라가지 않을까?"

평소에는 똑같은 보스라도 난이도가 더 높을 때 싸우자! 그런 말을 꺼낼 것 같은 뮤우가 편한 상황에서 싸우자고 한 것으로 인해 내가 놀랐다는 것을 깨닫고 뮤우가 볼을 부풀리며 따졌다.

"난이도가 높은 쪽이 경험치도 짭짤하긴 하지만, 쓰러뜨리지 못하면 의미가 없잖아! 그러니까 우선 확실히 쓰러뜨릴 수 있게 되고 나서, 그다음에 어려운 상황에 도전해야지!"

뮤우가 한 말을 듣고, 세이 누나와 타쿠가 고개를 끄덕이고 있었다. 다시 말해 그런 사고방식이 보통이라는 건가?

"그렇구나, 지금이 좋은 시기가 아니라는 건 이해가 되었는데, 그럼 어떻게 할 거야? 그냥 기다리기만 하는 건 시간이 아깝고, [황제무지벌레]가 어디 있는지도 모르잖아."

내가 그렇게 말하자 맞장구를 치며 뒤통수를 긁는 타쿠.

나는 세이 누나가 연말에 집에 와 있는 동안에 이 센스 확장 퀘스트를 클리어하고 싶으니 그냥 시간을 보내는 건 싫다.

퀘스트 진도가 나가지 않더라도 뭔가 유익한 것을 하고 싶다.

타쿠도 비슷한 생각을 했는지 진지한 표정으로 한 가지 계획을 제안했다.

"그럼 이런 건 어때?"

그렇게 말을 꺼낸 타쿠의 계획에 뮤우, 세이 누나가 찬성하긴 했지만, 나는 얼굴을 찌푸렸다.

●

"역시 하다 남은 퀘스트가 있으면 기분이 나쁘니까! 이번 기회에 해볼까!"

"그 기분은 이해가 돼. 이해가 되긴 하는데…… 그렇다고 다시 이곳을 지나가는 건 좀 피했으면 하는데!"

우리는 지금 정기적으로 움직이며 고원 MOB을 폭주상태로 만드는 초특급 MOB인 그랜드 록의 등 꼭대기 내부에 있는 샘 동굴로 왔다.

그랜드 록이 폭주할 때는 등을 올라가려는 플레이어들을 가로막는 부하 MOB인 코카트리스가 원 에리어에 넓게 퍼지기 때문에 그 틈을 타 올라간 적이 있다.

그때 꼭대기에 있는 전이 오브젝트인 포탈을 등록해 두었기에 두 번째 이후로는 다른 포탈에서 직접 이곳으로 전이할 수가 있다.

포탈이 설치되어 있는 그곳은 동굴처럼 바위가 울퉁불퉁한 곳이지만 천장에는 수많은 구멍이 뚫려 있고, 그곳에서 바깥의 빛이 새어들어 오기에 풀과 나무가 자라나 있고, [생명의 물]이 콸콸 솟아 나오는 샘이 있는 정원이다.

"자, 그랜드 록의 체내 던전의 보스를 쓰러뜨리고 그랜드 록의 심장을 치료하는 퀘스트를 이번에야말로 달성하자고!"

그 말을 듣고 나는 싫은 기색을 내비치며 공간 한 편을 바라보았다.

"그렇다고 해도…… 다시 저곳을 지나가는 건 좀 힘들다니까."

이곳은 그랜드 록의 체내 던전 입구가 있는 곳이기도 하다.

육벽과 점액, 그리고 징그러운 계열 MOB이 나오는 던전이기 때문에 나는 정신적인 대미지를 입은 기억 때문에 약간 트라우마가 있다.

하지만 뮤우와 세이 누나의 반응은──.

"그거지! 심장에 회복마법을 계속 거는 거! 한꺼번에 여러 번 회복마법을 쓸 수 있어서 레벨을 올리는데도 도움이 되잖아! 하고 싶어!"

"그래. 윤이 선물해준 뮤우의 액세서리는 이곳의 보스가 드롭하는 강화소재를 써서 만든 거지."

"어?! 그랬구나! 그럼 더더욱 던전에 들어가야겠네!"

의욕이 넘치는 뮤우와 세이 누나와는 달리 나는 망설이고 있었다.

"그렇다고 해서 갑자기 준비도 하지 않고 그 퀘스트를 달성할 수는 없잖아……."

내가 그렇게 말하자 타쿠가 나를 빤히 바라보았다.

"그렇게 말하면서도 몰래 옐로우 포션을 준비했지? 다 알아."

"……무, 무슨 소린지 모르겠네."

나는 타쿠의 시선에서 벗어나려는 듯이 눈을 돌렸다.

옐로우 포션은 블루 포션과 같은 계통인 컬러 포션이다.

그랜드 록의 심장을 치료하는데 가성비가 매우 좋다고 한다.

그런 한편, 옐로우 포션을 필요로 하는 플레이어는 별로 없다. [아트리옐]에서 팔기 시작했을 때도 신기해서 사가는 플레이어가 있긴 했지만 점점 매출이 떨어지게 된 비인기 포션이다.

나도 아직 하이 포션으로도 충분하고, 메가 포션을 만들 수 있게 된 지금도 옐로우 포션을 양산할 필요가 없다.

하지만…… 그럼에도 불구하고 몰래 옐로우 포션을 계속 만들었던 이유는 역시 이 퀘스트가 마음에 걸렸기 때문일 것이다.

참고로 옐로우 포션의 심장병 회복점수는 하나당 20점. 그랜드 록의 심장병을 치료하려면 회복점수 10000점이 필요하다—— 다시 말해 옐로우 포션이 500개 필요하고, 내가 약 한 달 반에 걸쳐 그 양을 이미 준비했기 때문에 이론상으로는 퀘스트를 달성할 수 있긴 하지만…….

"으윽, 그래도 말이지."

육벽처럼 징그러운 건 싫다고 하는 나를 보고 세이 누나가 턱에 손가락을 댄 채 뭔가 생각하는 듯한 모습을 보였다.

"그럼 이동 중에 주변에 있는 육벽만 얼음으로 덮어버릴까? MP가 소비되긴 하겠지만, 윤의 정신적인 부담이 줄어든다면 상관없어."

"으윽, 세이 누나…… 부탁할게. MP 포션하고 MP 포트를 줄 테니까."

나는 그 방법을 듣고 눈물을 머금으면서 메뉴의 아이템 트레이드 화면에서 세이 누나에게 MP 회복 아이템을 대량으로 건넸다.

"알았어! 누나한테 맡기렴. 간다——《아이스 에이지》!"

금속끼리 부딪힌 것처럼 딱딱한 소리가 울리자 체내 던전의 입구가 하얗게 얼어붙었다.

내가 조심조심 세이 누나가 얼린 범위를 확인해 보니 육벽과 발치에 고여 있던 점액이 하얀 얼음에 덮여서 체내 던전의 징그러운 광경을 보지 않게 되었기에 안도의 한숨을 내쉬었다.

하지만 걸어갈 곳도 얼어붙었기에 약간 걸어가기 불편해졌다는 것이 문제지만, 이 체내 던전에서 받을 정신적인 대미지에 비하면 별것 아니다.

"응, 괜찮을 것 같아. 그런데 그 마법은 뭐야?"

"수속성 지원 계열 마법이야. 윤이 사용하는 《머드 풀》의 파생판 같은 거라고 하면 되려나?"

《아이스 에이지》는 속도 저하와 수속성 내성 저하 효과를 지니고 있는 범위마법이고 [냉기 대미지]가 업데이트됨으로써 적이 추위에 의한 [냉기 대미지]를 입게 되며, 넓게 펼쳐진 얼음을 파괴하면 반사 대미지를 입는 효과가 추가되었다고 한다.

그래서――.

"으아. 아무것도 하지 않았는데 멋대로 쓰러지네. 재미있어."

뮤우가 눈을 반짝이며 바라본 곳에서는 체내 던전의 육벽에 숨어 있던 흡혈 거머리 같은 MOB이 얼어붙은 곳에서 도망치기 위해 얼음 벽을 뚫고 뛰쳐나오곤 했지만, 그때 부서진 얼음으로 인해 상처를 입고 착지한 얼음 바닥에서 잠시 신음하더니 움직이지 않게 되었다.

"세이 누나. 이거……"

"어머나, 이렇게 강했던가? 아니면 상대의 약점이 수속성이었나?"

고개를 갸웃거리고 있던 세이 누나 앞에 흡혈 거머리 MOB이 차례차례 얼음을 뚫고 나타났지만, 얼음을 파괴했을 때 입은 반사 대미지로 인해 HP 중 8할을 잃은 흡혈 거머리는 속도 저하 효과로 인해 우리에게 다가오기도 전에 [냉기 대미지]를 입고 차례차례 쓰러졌다.

그야말로 세이 누나의 무쌍 상태.

"자, 가볼까?"

곤란한 듯이 웃으면서도 그렇게 말한 세이 누나와 함께 그 뒤로도 적의 거의 빈사상태에 빠지는 얼음의 영역을 펼치며 나아갔다.

어떤 때는 살로 만들어진 바닥에 숨겨져 있던 작은 추락 함정 같은 것도 통째로 얼렸기에 그 위를 느긋하게 지나갔고, 어떤 때는 《아이스 에이지》 효과 영역 바깥에서 모습을 드러낸 적 MOB이 타쿠와 뮤우에게 금방 쓰러지곤 했다.

"어라? 내가 여기 있을 이유가 있나?"

뮤우와 타쿠, 세이 누나도 예전보다 강해져서 이 정도 레벨의 적 MOB을 상대하는데 인챈트를 써봤자 낭비였기에 지금 나는 완전히 할 일이 없었다.

"윤의 역할은 회복이야. 신경 쓰지 마."

그렇게 우리는 시간 경과에 따라 내부 구조가 바뀌는 체내 던전을 계속 나아갔지만 좀처럼 보스가 있는 곳에 도착하지 못하고 있었다.

“처음 체내 던전에 온 거라 기대했는데…… 적 MOB은 세이 언니가 거의 다 해치워버려서 내가 나설 차례가 없어! 그리고 보스방은 어디야?! 이 길은 몇 번이나 지났는데!”

좀처럼 보스방에 도착하지 못하고 계속 걷고만 있었기에 기어코 뮤우의 인내심에 한계가 왔는지 크게 소리 질렀다.

“뭐, 이건 운이니까. ……그리고 나는 뮤우보다 더 나설 차례가 없거든.”

“응? 윤 언니, 뭐라고?”

“아무것도 아니야.”

조용히 중얼거린 마지막 한 마리를 뮤우가 듣지 못해서 다행이다, 그런 생각이 들었지만 나도 비슷한 곳을 계속 걷느라 지치기 시작했다.

“뮤우는 첫 도전이었구나.”

“맞아! 다들 이 체내 던전 입구에서 겁을 먹어서 결국 이곳 포탈을 개통하기만 하고 끝나버렸거든.”

나와 타쿠 일행이 그랜드 록에 오른 뒤, 뮤우네 파티도 그랜드 록의 등 안에 있는 샘 포탈에 도착했지만 역시 여자애들은 이 체내 던전을 생리적으로 받아들이지 못하고 공략하는 걸 피한 모양이었다.

그런 이야기를 하면서 나아가다 보니 갑자기 막다른 길이 나와버렸다.

“이런, 막다른 길이 나와버렸네. 이곳은 내부의 구조가 휙 휙 바뀌니까 지도를 그려봤자 의미가 없거든."

타쿠가 그렇게 말하고 머리를 벅벅 긁어대자 뮤우가 내 어깨를 쿡쿡 찔렀다.

"뮤우, 왜 그래?"

"있잖아, 저기 있는 내리막길 계단도 통로지? 저쪽으로는 안 가?"

"아, 저기 말이지……."

나는 그렇게 말한 다음 장궁에 화살을 메기고 내리막길 계단 옆쪽 벽에 화살을 날렸다.

그러자 내리막길 계단으로 의태하고 있었던 눈이 퇴화된 적 MOB이 입, 다시 말해 계단의 입구를 닫았다.

"저건 적 MOB의 함정이니까. 저기는 통로가 아니라 함정이야."

"흐음…… 그런데, 확실하게 확인한 거야?"

뮤우가 한 말을 듣고 나와 타쿠가 서로 마주 보았다.

적 MOB이 도사리고 있고 강제로 안쪽으로 끌고 간다면 분명히 함정이다. 하지만 직접 보고 확인한 것은 아니다. 그저 위험할 것 같은 곳을 피했을 뿐이다.

"그렇다면 재미있을 것 같으니까 가보는 게 어때? 돌아가서 다른 통로를 찾아보는 것보다는 저 함정에 뛰어들어 보자!"

"아니아니아니! 이상하잖아, 왜 일부러 위험한 곳에 뛰어드는데! 아니, 적 MOB의 입속에 뛰어드는 건 싫다고!"

"흐음. 일리가 있군."

타쿠는 쉽사리 설득을 당해버렸다.

나는 실낱같은 희망을 품고 세이 누나를 보았지만――.

"위기는 기회라는 말도 있고, 적을 쓰러뜨리면 드롭 아이템을 기대할 수도 있고, 헛수고로 끝나진 않겠지. 가자."

"마지막 희망이 사라졌어!"

축 늘어진 채 세이 누나가 펼친 얼음 영역에 무릎을 꿇은 나를 보고 뮤우와 타쿠가 내 어깨를 살짝 두드리며 위로하는 듯이 따스한 눈초리로 바라보았다.

"그럼, 렛츠 고!"

그렇게 말하며 내리막길 계단으로 의태한 적 MOB의 입속으로 뛰어드는 뮤우.

그 뒤를 이어 타쿠, 세이 누나도 뛰어들었고――.

"아, 진짜! 남자는 배짱이다!"

마지막으로 내가 뛰어들자 그대로 워터 슬라이더처럼 변한 적 MOB의 몸속으로 미끄러져 들어갔다.

세이 누나가 계속 얼음을 깔아준 덕분에 우리가 미끄러지는 범위 안에서는 점액으로 젖지는 않았다.

그리고 미끄러진 곳에 있었던 것은 하얀 육벽이 가득 펼쳐져 있고 나름대로 꽤 큰 공간이었다.

"척 보기에도 다른 생물 안인 것 같은 느낌인데."

그랜드 록의 몸속은 붉은색 계열 육벽이었지만, 이곳의 육벽은 하얗고 말랑거릴 것 같은 느낌이었다.

그곳에 나타난 것은──.

"으엑, 왠지 끈적거릴 것 같아서 기분 나빠."

뮤우가 그렇게 말하며 손가락으로 가리킨 곳에서 찐득거리며 일정한 형태가 없는 생물이 몸 표면을 일렁이며 모습을 드러냈다.

사람의 세 배 정도 크기인 프레시 박테리아라는 이름의 적 MOB이 천천히 촉수를 뻗어왔다.

"히이이익! 그래서 반대했던 거라고!"

나는 그렇게 기분 나쁜 모습을 보고 비명을 질렀고, 뮤우와 타쿠가 내 앞에 서서 무기를 겨누었다.

그런데 프레시 박테리아는 세이 누나가 계속 펼치고 있었던 얼음 영역에 들어선 순간, 표면이 딱딱하게 얼어붙기 시작했다.

"어? 저게 뭐지?"

프레시 박테리아는 이쪽으로 촉수를 쭈욱 내밀고 있던 부분부터 얼어붙었고, 금이 간 뒤 산산조각 나버렸다.

부서져서 작아진 조각들이 계속 이쪽으로 다가오려 했지만, 다시 냉기로 인해 얼어붙었고, 움직이려 한 순간에 깨져서 더욱 작아졌다.

그렇게 무한분열을 거듭하며 점점 작아진 개체는 마지막에 [냉기 대미지]로 인해 작은 빛의 입자가 되어 사라졌다.

"강적과 전투를 벌이나 싶었는데, 세이 언니의 마법 때문에 멋대로 점점 사라지네. 음, 약한 MOB의 군체인가?"

"뭐, 어찌 됐든 이 체내 던전에서는 세이 씨가 완전히 천적 같은 존재인 모양이네."

아무것도 하지 않아도 일방적으로 해치울 수 있는 적이 많다는 점에서 꽤 공략하기 편한 던전이다.

왠지 모르겠지만 보스방에 도착하지 못하고 있다는 점을 제외하면 말이지만…….

"……세이 누나, 고마워. 정말 고마워!"

내가 세이 누나의 손을 잡고 고맙다고 하자, 곤란한 듯이 미소를 짓는 세이 누나.

아무튼 그 적 MOB의 몸속에는 보물 같은 아이템이 없었고, 뒤에는 원래 있던 곳으로 돌아갈 수 있는 계단형 통로가 생겨나 있었다.

그곳으로 돌아가 다시 보스방으로 향하려 했지만, 뮤우가 이 공간의 벽을 빤히 바라보고 있었다.

"뮤우, 왜 그래? 뭐가 있어?"

"음~. 위화감이라고 해야 하나, 왠지 뭔가 있을 것 같은 공간이야."

"있을 것 같다고? 내 [간파] 센스에는 반응이 없는데……."

나는 뮤우가 손가락으로 가리킨 하얀 육벽을 바라보았지만, 반응은 없었다.

"세이 언니는 저 범위를 얼려줘. 윤 언니는 MOB의 약점을 찾아낼 수 있는 스킬이 있었지? 그걸 써줘."

"알았어. ──《아이스 에이지》!"

"무슨 말인지는 잘 모르겠지만――《식재료의 소양》."

세이 누나는 뮤우가 지정한 범위에 얼음 영역을 만들어냈고, 나도 《식재료의 소양》을 통해 눈으로 볼 수 있는 범위 안에서 적 MOB의 약점을 찾아냈다.

그러자 《간파》 센스에 반응하지 않았던 넓은 범위에 붉은 표시가 떴다.

"뮤우의 감이 맞았어, 저 범위야."

내가 손가락으로 가리킨 범위를 확인한 뮤우는 타쿠와 눈짓을 주고받았다.

"그럼 타쿠 씨, 같이 가볼까요?"

"오케이, 가보자고."

둘 다 무기를 겨누고 얼어붙은 육벽을 향해 뛰어가기 시작했다.

""――《쇼크 임팩트》!""

두 사람이 검을 들어 올린 다음 얼어붙은 육벽을 향해 내리쳤다.

타격 계열 대미지를 입히는 아츠가 벽의 넓은 범위에 충격을 가하자 벽의 일부가 산산조각 나기 시작했다.

"좋았어! 숨겨진 통로 발견~!"

그리고 뮤우가 예상했던 대로 하얀 육벽 안쪽에는 원래 그랜드 록의 통로와 마찬가지로 붉은 육벽 통로가 이어져 있었다.

"좋았어, 가자! 역시 뭔가 있을 것 같았거든!"

"야, 잠깐만. 정말……."

기운차가 숨겨진 통로로 뛰어가는 뮤우를 타쿠가 따라갔고, 나는 세이 누나와 함께 약간 빠른 걸음으로 얼음 영역에서 벗어나지 않게끔 나아갔다.

그 너머에 있던 숨겨진 방에서 본 것은——.

●

숨겨진 통로를 빠져나간 곳에는 넓은 공간이 펼쳐져 있었고, 그 육벽의 일부에 파고든 것처럼 세워져 있는 집이 한 채 있었다.

돌로 만들어서 튼튼해 보이는 그 집은 3분의 1 정도 육벽에 파묻혀 있긴 했지만 왠지 사람이 살고 있는 것 같은 느낌이 들었다.

"호오, 몸속에 건물이 있는 경우도 있나?"

타쿠는 주위를 둘러보며 관찰하고 있었다.

우리가 들어온 통로 말고도 다른 통로 몇 개가 그 집이 있는 공간으로 이어져 있었다.

"실례합니다~! 계신가요~!"

"아니, 아무리 그래도 이런 곳에 누가 있을 리—— "뭐냐, 소란스럽군" ——누가 있네?!"

집 안을 향해 소리치는 뮤우를 보고 눈을 흘긴 내 예상과는 달리 건물 안에서 사람이 천천히 모습을 드러냈다.

"어머어머, 이런 곳에도 NPC가 있다니, 대단하네."

"아니아니, 보통 거대생물의 몸속에 사람이 있을 리가 없잖아."

세이 누나가 볼에 손을 대고 어머어머, 그렇게 말하고 있던 와중에 수염이 나고 키가 작고 근육질 체격인 노인 NPC에게 타쿠와 뮤우가 말을 걸었다.

"영감님은 여기서 뭐하는 거야?"

"나 말이냐? 나는 여기서 대장간을 하고 있지."

"이런 곳에서?"

노인 NPC는 뮤우가 깜짝 놀라며 묻자 천천히 고개를 끄덕인 다음 바로 자신의 일생에 대해 이야기하기 시작했다.

"나는 예전에 솜씨가 뛰어난 대장장이로 이름을 떨쳤지. 그리고 검을 원하며 나를 찾아오는 사람들의 기대에 부응하기 위해 날마다 검을 두들겼다. 하지만 내가 원하는 것은 최고의 한 자루. 그래서 그 한 자루를 만들기 위해 산에 틀어박힌 거다."

집 안에서 끄집어낸 의자에 앉은 대장장이 NPC는 자신의 수염을 쓰다듬으며 계속 말했다.

반쯤 은거하게 된 이 NPC가 왜 이런 초특급 MOB의 몸속에서 살게 되었는지 흥미진진해졌기에 그 긴장으로 인해 침을 꿀꺽 삼켰다.

"그렇게 산에 틀어박혀서 그저 정신없이 대장장이 일을 계속하던 어느 날, 태풍 때문에 산이 무너졌고 나는 집과 함께 토사에 쓸려가게 되었다. 그리고 토사에 파묻혀 있던 나는 토사를 먹으러 왔던 그랜드 록에게 집까지 통째로 먹혔지."

"설마……"

"그랜드 록은 먹은 토사에 섞여 있는 금속 등을 천천히 녹여서 흡수한 뒤 갑각에 축적시킨다. 하지만 그것 말고는 녹일 수가 없는 모양이라 그 덕분에 나는 녹지도 않고 대장간 시설도 무사히 남아 이곳에 도착하게 된 게지."

"그런데 이곳에서는 검 같은 걸 만들지 못할 것 같은데?"

너무나도 황당무계하고 판타지 느낌이 물씬 나는 이야기를 듣고 멍하게 서 있던 나와는 달리 신경 쓰이는 부분을 캐묻는 세이 누나.

대장장이 NPC는 그 질문을 듣고 기쁜 듯이 대답했다.

"그렇진 않아. 그랜드 록 자체가 광석 덩어리기도 하고, 이 녀석이 통째로 삼킨 토사 안에서 상태가 좋은 걸 찾으면 내 식량으로 삼을 수도 있지. 물도 저 통로를 지나가면 위쪽 샘으로 나갈 수 있고. 불편한 건 없다."

우리는 그 말을 듣고 포탈 앞에 있는 샘으로 통하는 통로를 돌아보았다.

"뜻밖에 숨겨진 에리어를 찾아내 버렸네. 이곳은 체내 던전의 세이프티 에리어려나."

"던전 안에 살고 있는 NPC라니, 신기하네. 뭐, 솜씨가 뛰어난 대장장이라면 검 같은 걸 만들어주는 거야?"

새해 대성당에서 소원을 빌 때 『새로운 검 콜렉션이 늘어나기를』이라고 빈 타쿠는 눈을 반짝이며 물어보았다.

그리고 기대하던 타쿠에게 대장장이 NPC가 대답했다.

“나는 최고의 검을 목표로 삼으며, 만들고 싶은 검을 만든다.”

“그렇다면!”

타쿠가 검을 만들어 달라고 재촉하는 듯이 몸을 앞으로 내밀었다.

“하지만 그랜드 록의 몸속에서 얻을 수 있는 광석의 종류에는 한계가 있지. 그리고 지금은 가지고 있는 광석이 부족하다. 나는 그저 검을 두드리기만 하면 만족스러우니 너희들이 소재로 쓸 광석을 가져온다면 특별히 그걸로 검을 만들어주마.”

그러자 우리 앞에 메뉴가 떴고, 대장장이 NPC와 교환할 수 있는 아이템 리스트가 표시되었다.

특정한 소재와 교환함으로써 그에 맞는 무기를 얻을 수 있는 시스템이다. 그리고 낮은 확률로 그 무기가 유니크 무기화하는 모양이다.

“내가 만든 검에 깃든 힘 중에는 좀처럼 찾아볼 수 없는 것도 있지.”

“그렇다면 플레이어가 부여할 수 없는 추가효과도 있다는 건가!”

“NPC 한정 추가효과라는 건가? 그렇다면 나는 이 검이 있으니 필요 없겠네.”

타쿠와 뮤우는 둘 다 검을 주 무기로 사용하지만 보인 반응에는 큰 차이가 있었다.

타쿠는 일단 솜씨가 뛰어난 대장장이가 만든 무기를 원하는 것 같은데, 뮤우는 지금 사용하고 있는 쓰기 편한 무기를 계속 강화시키고 있기에 별로 매력을 느끼지 못하는 모양이었다.

"야, 타쿠. 이 대장장이가 만든 무기의 추가효과는 소재의 조합과는 상관없이 랜덤으로 부여되니까 운이나 추가효과의 조합에 따라서는 안타까운 무기를 받게 될 수도 있어."

나는 타쿠에게 대장장이 NPC가 만든 검의 품질에는 운이 크게 작용하기 때문에 교환 한두 번만에 이상적인 추가효과를 지닌 무기를 얻기는 힘들 거라고 충고했다.

그리고 그러기 위해 필요한 소재는, 예를 들어――.

"앗, 미스릴 합금 계열 검 소재가 다 있네."

새해 밤에 비룡산맥에서 모은 광석 중에 필요한 미스릴 광석과 그에 맞는 마법금속 광석이 다 있었다.

그 말을 들은 타쿠는――.

"윤, 부탁할게! 대장장이와 무기 교환을 하게 해줘!"

"어~? 싫은데."

타쿠는 갑자기 내 앞으로 와서 고개를 숙였다. 나도 이 미스릴 광석을 써서 주괴로 만드거나 액세세리를 만들고 싶으니까. 하지만 타쿠는 포기하지 않았다.

"한 번만! 한 번만 하게 해줘!"

"교환에 사용할 광석 분량이면 액세서리를 다섯 개는 만들 수 있는데……."

"한 번만 하면 만족할 테니까, 부탁이야!"

"아, 진짜! 알았으니까 고개 들어! 정말, 어쩔 수 없다니까."

나는 한숨을 쉬면서 미스릴 광석 25개와 지(地)속성 마법 금속인 그란라이트 광석 25개를 타쿠에게 건넸다.

세이 누나도 뮤우와 마찬가지로 무기는 욕심나지 않지만 어떤 결과가 나올지 궁금한 모양이었다.

타쿠는 그 소재로 교환할 수 있는 [무명의 황토영은검]이라는 무기를 얻기 위해 그것들을 대장장이 NPC에게 건넸고, 소재를 받은 대장장이 NPC는 바로 무기를 만드는 작업을 시작하기 위해 집으로 들어간 다음 쇠망치 소리를 울려대기 시작했다.

날카로운 소리가 울리다가 금방 멈췄고, 완성된 검을 들고 집에서 나온 대장장이 NPC.

"돌아오는 게 너무 빠른데?!"

"허허허, 나는 솜씨가 뛰어난 대장장이니까."

생산직 플레이어가 수작업으로 생산하면 무기 한 자루를 만드는데도 시간과 수고가 꽤 드는데, 대장장이 NPC는 짧은 시간 안에 검을 만들어버렸다.

이런 상황에서 생산직 플레이어가 만드는 경우와 같은 시간을 기다리게 해도 스트레스만 쌓일 거라는 배려와 대장장이 NPC의 기술에 판타지 같은 느낌이 들었다.

나는 그 완성품을 보고 유니크 무기까지는 기대하지 않았지만, 생산직으로서 그 무기의 성능이 신경 쓰였다.

"완성되었구나! 지속성 미스릴 합금검!"

"자, 오랜만에 괜찮은 검을 만들었다. 이름을 붙일 필요가 있겠어. [황토영은검 슬로우블로우]. 자, 받거라."

노란 기운이 서린 듯한 은빛 칼날의 검을 받고 높게 들어올린 타쿠.

나는 설마 한 방에 유니크 무기를 손에 넣을 수 있을 줄은 상상하지도 못했기에 타쿠와 함께 그 검의 스테이터스를 띄워보았다.

황토영은검 슬로우블로우 [무기]

ATK + 55 INT + 15

추가효과 : 지속성 보너스 (중), 권태, 치명타

성능이 깔끔하게 정리된 듯한 느낌인 유니크 미스릴 합금검에는 본적이 없는 추가효과가 붙어 있었다.

"권태와 치명타라니, NPC 한정 추가효과인가?"

"저기저기, 타쿠 씨, 좀 더 자세히 보여줘."

뮤우가 타쿠의 옷자락을 잡고 흔들며 재촉하자 다시 메뉴의 추가효과를 자세히 띄웠다.

"권태는 공격한 상대의 SPEED를 저하시키는 거고, 치명타는 5분의 1 확률로 입힌 대미지의 50퍼센트를 더 주는 모양이네. 꽤 괜찮은데.”

“타쿠 군이 희귀한 유니크 무기를 얻어서 부럽네.”

드롭 아이템 운이 없는 세이 누나가 진심으로 한 말을 듣는 한편, 나는 무기에 대해 생각했다.

생산직 플레이어가 같은 소재로 비슷한 무기를 만들었을 경우에 비교하여 무기의 스테이터스가 약간 떨어지고 ATK 보너스 추가효과가 없지만, 권태와 치명타는 그렇게 떨어지는 부분을 메울 정도로 강력한 추가효과다.

속도를 저하시키는 약체효과가 무기에 달려 있고, 일정 확률로 발생하는 대미지 증가 효과가 무기의 약한 기초 성능을 올려준다.

추가효과인 속도저하와 발동확률이 실제로 무기의 위력에 어느 정도 영향을 주는 지는 검증을 해봐야 하겠지만, 흥미롭게 느껴졌다.

한 손에는 플레이어가 만든 안정적인 무기. 다른 한 손에는 NPC가 만들어 불안정하지만, 강력한 유니크 무기라는 느낌. 이도류를 쓰는 타쿠는 상황에 따라 무기를 바꿔 사용하는 플레이 스타일이 가능할지도 모른다.

“좋았어! 바로 이 검을 시험해볼까!”

“그런데 그랜드 록의 심장은 어디 있을까? 던전 안을 돌아다녀 봐도 아직 도착하지 못했는데.”

곤란한 듯이 말한 세이 누나를 보고 대장장이 NPC가 수염을 쓰다듬으며 어떤 통로를 손가락으로 가리켰다.

"그곳은 저 통로에서 직접 갈 수 있다. 하지만 일방통행이라서 돌아올 수는 없지. 그리고 그쪽 통로는 직접 바깥으로 나갈 수 있다. 다시 오려면 바깥에 있는 바위를 치우고 언제든지 올 수 있게 해두거라."

"와, 할아버지, 고마워! 다음에는 내 파티하고 같이 올게!"

파티 멤버가 흥미를 보일 것 같다고 말하자, 대장장이 NPC가 기쁜 듯이 허허허 웃었다.

"그럼 이번에야말로 보스전이야! 가자!"

기운차게 우리 앞에서 나아가는 뮤우.

그리고 대장장이 NPC가 말했던 것처럼 그랜드 록의 심장이 있는 곳으로 이어지는 통로는 지나간 것과 동시에 뒤쪽의 육벽이 판막처럼 닫혀 돌아갈 수 없게 되었다.

그랜드 록의 심장에는 [전격기생충]이라는 말미잘 같은 보스 MOB이 있고, 끄트머리에 전기구슬이 달린 수많은 촉수를 휘두르며 공격과 방어를 동시에 해낸다.

나는 각오를 다지고 [전격기생충]과 벌이는 두 번째 전투에 뮤우 일행과 함께 도전했다.

하지만 그 결과는――.

"역시 세이 언니는 완전히 이 던전 안에 있는 MOB의 천적이구나. 왠지 아쉬워!"

"우리도 장비가 좋아졌고 레벨이 올라서 강해졌으니까 금방 끝날 수밖에 없겠지."

수많은 촉수는 세이 누나의 얼음으로 인해 부서졌고, 전기구슬은 뮤우와 타쿠가 재빠르게 움직이며 차례차례 파괴했고, 마지막으로는 본체에 공격을 가했다.

그렇게 빠른 전투에 나도 약간 뒤늦게나마 참가했지만, 끝은 매우 허무했다.

그리고 뜬 긴급 퀘스트──.

──긴급 퀘스트 : 그랜드 록의 심장을 치료하라. (남은 시간 72시간)

──『0/10000』

퀘스트가 시작되자 타쿠가 말없이 재촉했기에 나는 거무스름한 그랜드 록의 심장 앞에 섰다.

"자, 이러면 되겠지."

나는 심장 앞에 옐로우 포션을 산더미처럼 쌓아놓고 차례차례 그랜드 록의 심장에 부었지만, 혼자서 다 하기에는 양이 너무 많았기에 타쿠에게도 도움을 요청했다.

한편, 뮤우와 세이 누나는──.

"회복마법의 레벨을 올릴 수 있겠어. 간다! ──《메가 힐》!"

"나는 회복마법에 별로 신경을 안 썼는데──《리제네레이션》."

뮤우는 강력한 개인 회복마법을 연속으로 발동시켰고, 세이 누나는 HP의 자연회복을 촉진시키는 재생마법을 사용했다.

두 사람의 회복마법과 내 포션으로 인해 그랜드 록 심장의 회복점수가 늘어나기 시작했다.

"이걸로 마지막이야."

나는 지정된 수치를 회복시킬 마지막 옐로우 포션을 사용했다.

그러자 거무스름하고 힘없이 고동치고 있었던 거대한 심장에서 서서히 거무스름한 색이 사라지며 표면이 깨끗해졌고, 고동도 세차게 뛰게 되었다.

그와 동시에 머릿속에 메시지 소리가 들린 것과 동시에 뜬 메뉴에서 퀘스트를 달성했다는 내용을 보고 이 퀘스트가 끝났다는 실감이 들었다.

"해냈구나. 골치 아픈 퀘스트이긴 했지만 겨우 달성할 수 있었어."

"그런데 퀘스트 보수는?"

타쿠는 남은 포션 숫자를 세면서 인벤토리에 넣었고, 뮤우는 퀘스트 보수를 언제 받게 될지 목이 빠지게 기다리고 있었다.

그때, 보스방의 육벽 전체가 기뻐하는 듯이 흔들리기 시작했다.

"으앗, 뭐, 뭐야?!"

"윤, 괜찮니?"

내가 비틀거리고 있자니 세이 누나가 오른손을 잡고 받쳐 주었다.

우리는 다음 변화에 대처할 수 있게끔 경계했고, 그런 우리들의 눈앞에 천장에서 물방울이 떨어지는 듯이 빛나는 무언가가 떨어진 다음 공중에 떠올랐다.

그것은 빛을 두른 채 하늘하늘 떠서 우리 눈앞까지 내려온 다음 터졌고, 그 안에서 손바닥 크기 정도의 거북이 문양이 새겨진 메달이 나왔다.

흑철보다 무겁고 단단한 소재였는데 왠지 따스함이 느껴지는 호박색과 검은색 조각 문양이 생물의 일부를 가공해서 만든 것 같은 느낌을 주었다.

그리고 이것이 퀘스트 보수인 중요 아이템――.

"……[육황귀의 메달]."

설명 문구에는 그랜드 록에게 인정받은 자만 받을 수 있는 그랜드 록의 등껍질을 가공하여 만든 메달이라고 적혀 있었다.

그 효과 중 하나는 그랜드 록에게 종속된 MOB의 상시 비선공화. 다른 하나는 광석 계열 아이템의 채취, 채굴 성공률이 2퍼센트 추가되는 것이었다.

꽤 괜찮은 아이템 같다.

그리고 이 효과를 보고 다른 사람들도 어떤 사실을 눈치챘다.

"이 그랜드 록에 종속된 MOB의 상시 비선공화라니, 혹시 고원 에리어의 MOB이 적대시하지 않는다는 뜻인가?"

"분명 그럴 거야! 그럼 라이트닝 호스와 싸우지 않고 북쪽 마을까지 갈 수 있겠어! 바로 나가보자!"

"알았으니까 내 손을 잡아당기지 마!"

한 손에 [육황귀의 메달]을 쥐고, 다른 한 손으로는 내 손을 잡고 던전 출구로 향해 뛰어가기 시작한 뮤우.

금방 샘을 지나 바깥으로 나가면 눈앞에 바로 코카트리스 둥지가 있을 것이다. 그리고 지금은 그랜드 록의 영향을 받아 폭주상태일 것이다.

아무리 메달의 효과가 MOB의 비선공화라고 해도 마음의 준비가 아직 되지 않았다.

하지만 나는 뮤우를 말리지도 못하고 같이 바깥으로 뛰쳐나왔다.

어둑어둑한 통로를 지나왔기 때문에 바깥으로 나온 순간, 눈이 부셔서 눈을 가늘게 뜬 채 공격해 올지도 모르는 코카트리스에 대비하여 한 팔로 얼굴을 가렸지만 습격하려는 낌새는 전혀 없었다.

"오, 폭주상태가 아니네! 그런데 우리 말고 다른 사람들은 습격받고 있어."

뮤우에게 손이 잡힌 채 코카트리스 둥지 사이를 지나 고원을 둘러볼 수 있는 곳까지 가보니 폭주상태인 적 MOB과 싸우고 있는 플레이어들이 아래쪽에 군데군데 있는 것을 확인할 수 있었다.

코카트리스의 보스 MOB인 코카트리스 킹을 포함한 코카트리스는 우리에게 전혀 흥미를 보이지 않고 그랜드 록의 등에 만든 소굴 주위를 돌아다니고 있었다.

우리가 공격하면 우리에게 덤빌지도 모르지만, 손을 대지 만 않으면 괜찮을 것 같다.

뒤늦게 따라온 세이 누나와 타쿠도 메달의 효과를 확인하고 놀라면서도 밝은 표정을 지었다.

"그랜드 록의 퀘스트는 그냥 생각난 김에 제안했던 건데, 결과적으로 센스 확장 퀘스트를 빠르게 진행할 수 있겠어!"

"그래. 그리고 다음에 이 에리어에서 MOB을 신경 쓸 필요가 없게 된 건 좋네."

두 사람이 그렇게 말한 다음 다시 모두 함께 샘 포탈로 돌아와서 고원 근처에 있는 포탈로 전이했다.

그리고 고원 한가운데를 당당하게 걸어가며 비선공 MOB이 된 소 형태의 MOB인 스틸 카우나 염소 형태의 MOB인 메이지 고트를 무시하고 라이트닝 호스가 지키고 있는 북쪽 길로 향했다.

약간 높은 언덕에서 엎드려 있던 라이트닝 호스를 보고 두 번째 시련도 달성했다는 생각이 들어 한순간 마음이 풀려서 그런지 [간파] 센스의 경고에 반응하는 것이 늦었다.

"윤, 피해!"

"윽?!"

타쿠가 허둥대며 한 말을 듣고 주위를 둘러보니 뮤우와 다른 사람들은 이미 지면을 박차며 좌우로 피하고 있었다.

그 직후, 눈앞을 뒤덮는 섬광으로 인해 [하늘의 눈]이 허

용량 이상의 빛을 받아들여 내 시야가 완전히 새하얗게 물들었다.

혼자 남은 내 몸을 섬광이 꿰뚫자 그 충격이 몸 전체에 퍼졌고, 내가 서 있던 지면까지 터졌다.

까만 연기를 피우며 깜빡이는 시야 안에서 내가 본 것은 약간 높은 언덕에서 천천히 일어서서 몸 전체로부터 뇌격을 뿜어내고 있는 라이트닝 호스의 모습이었다.

"이런! 윤이 일격에 당했어!"

이제 막 쓰러진 참이라 상황을 이해할 수 없었지만, 보아하니 나를 타쿠가 옮기고 있는 모양이었다.

도망치려면 [소생약]을 써서 스스로 도망치면 되겠지만, 일격에 당한 내가 지금 부활해봤자 발목만 붙잡을 거라는 생각이 들었기에 얌전히 있기로 했다. 그리고 안전한 곳까지 탈출한 다음, 나는 메뉴에서 [소생약]을 썼다.

눈을 뜬 나를 기다리고 있던 것은 근처에 있던 타쿠의 얼굴과 나를 안아 들고 있는 타쿠의 두 팔이었다.

이른바 공주님 안기 상태로 옮겨지고 있던 나는 허둥대며 타쿠의 품속에서 빠져나왔다. 주위를 보니 고원 한가운데에 긴장한 나머지 녹초가 된 뮤우와 세이 누나가 있었다.

평소 때였다면 타쿠가 공주님 안기를 한 것을 놀렸을 거라 생각한 나는 안도의 한숨을 내쉰 다음 바로 라이트닝 호스가 있던 약간 높은 언덕을 돌아보았다.

나는 지금도 온몸으로부터 뇌격을 뿜어내며 경계하고 있

는 보스 MOB을 보고 중얼거렸다.

"역시 그렇게 쉽게는 안 되는 건가……."

비선공화하지 않은 것을 보니 라이트닝 호스는 그랜드 록에 종속된 MOB이 아니다. 그 사실을 알게 된 나는 다시 처음으로 돌아온 듯한 기분이 들었다.

3장　두 번째 시련과 액막이 결계조각

지쳐서 녹초가 된 우리는 곧바로 [아트리엘]로 돌아왔고, 그동안에는 이야기도 나누지 않고 조용했다.

그리고 [아트리엘]의 가게 쪽에 있는 카운터에 앉아 쿄코 씨가 우리에게 차를 내줬을 때, 타쿠가 제일 먼저 입을 열었다.

"그래서…… 어떻게 할 거야?"

그 질문은 모두가 아니라 내게 한 질문이었는지, 나를 지긋이 바라보고 있었다.

"저기…… 어떻게 하냐니?"

"윤 언니만 그 뇌격에 반응하지 못했잖아. 그러니까 다음에는 어떻게 피할 거냐는 거지."

나는 뮤우의 보충 설명을 듣고 타쿠가 한 말이 무슨 뜻인지 이해한 다음, 무슨 말인지 알겠다고 말했다.

하지만 나는 뮤우와 다른 사람들을 안심하게 만들 수 있는 답을 가지고 있지 않았다.

"못 해. 절대로 못 해. 예측은 할 수 있어도 피할 수는 없어."

[간파] 센스를 통해 공격의 예비동작을 알 수는 있다. 하지만 나는 그 이후에 이루어지는 빠른 공격을 회피하거나 요격할 재주가 없는 것 같다.

"우리도 방심했지. 그곳도 쉽사리 지나갈 수 있을 거라 생각했으니까. 그리고 윤, [대신하는 보옥의 반지]를 장착하지 않았지?"

세이 누나가 한 말을 듣고 나는 고개를 끄덕였다.

어떤 공격이라 해도 반지에 끼운 보석의 랭크에 맞는 횟수만큼 공격을 무효화시켜주는 [대신하는 보옥]을 장비하면 적어도 그 첫 번째 공격은 막아낼 수 있었을 것이다.

아직 어설프구나, 나는 그렇게 생각하고 머리를 긁으며 한숨을 쉬었다.

"오늘은 그랜드 록의 심장 치료 퀘스트도 했으니까, 이만 로그아웃하고 내일 다시 도전하자. 그때도 당하면, 다시 생각하면 되고."

그럼, 타쿠가 그렇게 말하고 먼저 로그아웃하자 세이 누나가 이쪽을 보았다.

"윤하고 뮤우는 어떻게 할래?"

"나는…… 아이템을 좀 만들고 싶으니까 좀 이따가 로그아웃할래."

"그럼 나는 먼저 로그아웃해서 저녁 식사 준비를 해둘게."

세이 누나에게 현실 일을 맡기게 되었는데, 왠지 모르겠지만 뮤우가 이곳에 남았다.

"뮤우는 로그아웃 안 해?"

"응. 윤 언니가 뭐하는지 봐도 돼?"

뮤우가 고개를 갸웃거리며 묻자 나는 어쩔 수 없네, 그렇게 말하고 쓴웃음을 지으며 뮤우를 [아트리엘]의 공방 쪽으로 안내했다.

"자, 해볼까."

"저기저기, 뭐 만들 거야?"

공방의 작업대 앞에서 팔짱을 낀 나를 보고 소환해서 자유롭게 지내게 해두었던 뤼이와 자쿠로를 귀여워해주던 뮤우가 물었다.

"세이 누나가 말했던 것처럼 [대신하는 보옥의 반지]로 뇌격의 대미지를 몇 번 정도는 무효화시킬 수는 있겠지만, 횟수제한이 있으니까 다른 방어 아이템을 만들어볼까 해서."

나는 그렇게 말하고 소재 아이템 몇 개를 작업대 위에 늘어놓은 뒤 생각했다.

그러다가 직감에 따라 어떤 아이템을 골라잡았다.

"이번에는 은을 써볼까."

"응? 언니, 금속으로 방어용 액세서리 같은 걸 만들 거야? 방어 계열 포션 같은 게 아니라?"

"일단 속성 내성을 부여하는 [속성 연고]라는 아이템이 있긴 한데, 그건 대미지를 경감시켜주기만 할 뿐, 완전히 막아낼 수는 없거든."

그리고 [속성 연고]로는 한 종류의 속성 내성만 효과가 적용된다.

그러니 이번에는 속성 경감이 아니라 마법 무효 아이템을 만들어서 대처하려는 생각이었다.

"은을 기반으로 삼고 다른 두 종류의 아이템을 합성해서 만들고 싶은데, 어떤 아이템을 조합할까.”

“저기, 나도 참가해도 돼?”

“그래. 그런데 소재마다 특성이나 상성이 있으니까 종류가 꽤 한정적이거든. 예를 들면 은은 언데드 계열에 특효인 반면, 상태이상 계열의 소재와 상성이 안 좋아.”

“흐음. 그럼 액막이 같은 것과 조합시키는 게 좋을지도 모르겠네! 소금이나 부적 같은 거.”

“뮤우. 꽤 괜찮은 아이디어긴 하지만, 내 생각하고는 좀 다른데. 이왕 쓰려면 이거지.”

나는 갖춰놓은 소재 중에서 어떤 액체가 든 병을 들었다.

그것은 대성당에 있던 신부 NPC가 판매하는 언데드 계열 MOB을 일시적으로 비선공화시키는 성수였다. 나는 그것을 고른 다음 바로 은주괴와 합성시켰다.

그렇게 해서 생긴 아이템은――.

액막이 결계 은주괴 [소모품]
하급 마법 무효 (횟수 : 3)

“오~, 대단하네! 눈 깜짝할 새에 방어 아이템이 나왔어!”

“나오긴 했는데, 아직 부족하네.”

솔직히 은주괴와 성수를 합성해서 만든 아이템이 하급 마법을 세 번밖에 막지 못한다면 가성비가 너무 안 좋다.

그리고 은주괴 형태이기 때문에 가지고 다니기에도 적합

하지 않다.

이걸 어떻게 발전시킬 것인지가 중요하다.

“이제 다른 소재 한두 종류와 합성시켜서 효과를 더욱 강하게 만들어야지.”

“그럼 전부 다 시험해볼 거야?”

“그렇게 하다가는 은주괴가 아무리 많더라도 부족할 거야. 이럴 때는 이걸 쓰는 거지.”

내가 그렇게 말하고 나서 따로 꺼낸 아이템은 은의 금속조각이었다.

“이건 잔뜩 있으니까 합성하는데 아무리 많이 쓰더라도 딱히 신경 쓸 필요는 없겠지.”

“음, 왠지 쪼잔한 것 같아…….”

“미안하네. 생산 쪽 개발은 돈하고 소재가 많이 들어. 아낄 수 있는 부분은 확실하게 아껴야지. 안 그러면 금방 파산한다고.”

나와 뮤우는 이것도 아니고, 저것도 아니고, 그렇게 말하면서 은의 금속조각과 성수 조합에 맞는 세 번째 소재를 찾기 시작했다.

약초와 포션 같은 것과 합성해보니 왠지 모르겠지만 [은의 치유 금속조각]이라는 이상한 회복 아이템이 나왔는데, 회복량이 너무 낮아서 써먹을 길이 없었기에 불합격이었다.

그리고 다른 광석과 합성해보니 이번에는 성수 특유의 마법무효 효과가 사라져버렸다.

"아, 진짜! 당첨 조합이 안 걸리네!"
"이런 건 끈기가 필요한 법이야."
"윽, 나는 절대로 못할 거야."
"나는 꽤 즐거운데."
평소 때는 혼자서 묵묵히 조합을 조사하곤 하는데, 오늘은 뮤우와 이야기하면서 진행하고 있기에 공방이 떠들썩했다.
나는 지금까지 진행했던 합성 조합을 노트에 기록하면서 아직 쓰지 않았던 재료와 합성해 나갔다.
"아직 안 쓴 액막이 소재는 뭐가 있어?"
"뭐가 있을까? 광석 계열은 대충 다 시험해봤고."
"앗! 파워 스톤 같은 건 어때? 보석을 합성하는 거지!"
"좋아, 시험해볼까!"
나는 비룡산맥에서 [비룡의 무정란] 채취 퀘스트를 하다 손에 넣은 루비 보석 원석을 꺼내 은의 금속조각과 합성시켜 보았다. 합성진 위에서 붉은빛이 감도는 은의 금속조각을 주워들고 스테이터스를 확인했다.

액막이 결계조각 [소모품]
중급 마법 무효 (횟수 : 1)

"앗싸! 당첨이야!"
나보다 뮤우가 더 기뻐하는데, 이건 아직 어설프다.

"좋아, 그럼 다른 보석이나 광석 같은 것도 조사해볼까."
"어? 설마 또 하려고?! 이 조합이면 되잖아."
유우는 벌써 질렸는지 불만인 것 같았지만, 이건 굽힐 수 없는 나만의 규칙이다.
"이것도 써먹을 수는 있겠지만, 어떤 보석이 [합성]에 성공하는지 조사하고, 비용을 더 줄일 수 있는 소재를 찾고, 마지막으로는 쓰기 편한 형태로 디자인하는 것이 생산 아이템을 만드는 거니까."
나 혼자서 쓸 때는 약간 불편하더라도 그냥 참지만, [아트리엘]의 상품으로 만들 경우에는 가성비에도 신경 쓰고, 사용하기 편한 형태로 판매할 필요가 있다.
그런 점에서는 소재인 돌의 형태를 《연마》로 다듬고, 《컬러링》으로 종류별로 색을 칠해서 팔았던 인챈트 스톤 같은 것은 그런 고려가 되어 있다.
"알았어. 조금만 더 힘낼게. 그런데 아깝네. 결국 이건 시제품이라 팔지는 못하잖아."
"뭐, 아이템의 성능을 시험할 때 쓰면서 확실하게 소비하니 신경 안 써도 돼."
나는 그렇게 말하고 차례차례 보석의 원석이나 연마한 보석과 합성시킨 결과를 비교하며 기록했다.
그 결과, 보석은 어떤 종류도 적합했고 보석의 원석과 연마한 보석을 비교해보니 연마한 보석 쪽은 다른 효과가 발생했다.

액막이 결계조각 [소모품]

중급 마법 무효 (횟수 1), 연결 결계

연결 결계—— 단어를 보아하니 결계조각 여러 개를 모으면 더 강력한 공격을 막아주는 느낌인가? 효과를 알고 싶긴 한데, 하나밖에 없으니 검증은 나중에 하기로 했다.

그런데 비용을 낮추는데 문제가 발생했다.

"가지고 있는 보석 계열 소재 중에 저렴한 소재가 없어……"

보석은 종류나 크기에 따라 액세서리 등의 장비로 만들어서 각 스테이터스를 높일 수 있는데, 대부분 가격은 비슷하다.

얻기 편한 곳에 있는 보석은 종류가 다양하지 않고 작은 것이 많은 반면, 얻기 힘든 곳에 있는 보석은 종류가 다양하고 크기도 크다.

그리고 추가된 효과인 [연결 결계]가 달려 있는 결계조각은 어느 정도 크기 이상의 보석을 합성해야만 얻을 수 있다.

그래서 어떤 종류를 선택하더라도 비용을 대폭 줄일 수는 없을 것 같다.

"안 되겠네. 딱 맞는 보석 계열 소재가 없어."

"음. 그럼 내가 가지고 있는 아이템으로 만들어볼래? 언니보다 모험한 에리어가 많으니까 쓸 수 있는 소재가 있을지도 몰라."

"정말이야?! 그럼 부탁할게!"

뮤우의 제안을 곧바로 받아들이고 작업대 위에 꺼내달라

고 했다.

뮤우가 꺼낸 소재 중에서 신경 쓰이는 소재가 하나 있었다.

"——이거, 결계주야?"

"조각이야. 우리가 가지고 있는 부적의 소재."

나와 뮤우가 클로드의 [콤네스티 카페 양복점]을 도와주고 보수로 받은 액세서리를 들고 비교해보았다.

부적 쪽은 투명한 느낌이 들고 깔끔한 기둥 모양의 결정이지만, 뮤우가 꺼낸 결계주 조각은 기둥이 부서져서 깔끔하지 않고 날카로운 파편이었다.

"결정주 자체는 채굴 가능 에리어에 잔뜩 있는데, 채굴하는 게 힘들거든. 그냥 캐려고 하면 부서져버려서 제대로 된 소재를 얻을 수가 없고, 제대로 된 소재를 얻었다 해도 가공하는 게 힘든 모양이야."

"그래서 이렇게 파편을 많이 가지고 있는 거구나……."

"이런 상태가 되어버리면 써먹을 방법이 없거든. 그래서 잔뜩 모아야 겨우 팔 수 있는 가격이 되고, 에리어의 난이도하고 가격의 균형이 안 맞으니 팔기도 힘들고."

잘 깨지고 날카롭다. 그리고 1회용 나이프 대용품으로 쓰기에는 공격력이 낮다, 나는 그렇게 투덜대는 뮤우의 말을 흘려들으면서 써먹을 수가 없는 아이템이라는 말을 들으니 어떻게든 써먹을 방법을 만들고 싶어졌다.

"써먹을 방법이 없는 아이템이나 가치가 낮은 아이템은 우선 상위 변환을 해봐야지——《연금》."

나는 결정주 파편을 10개씩 나누고 그것들에 [연금] 스킬을 사용했다.

그러자 결정주 파편 10개를 소비해서 그 아이템을 한 단계 위 소재로 만들 수 있었고, 완성된 아이템은 결정주(소)라는 작은 결정으로 변했다.

"오오, 뭔가 나왔네!"

나는 써먹을 방법이 없던 파편이 제대로 된 소재로 변하자 깜짝 놀란 뮤우를 곁눈질하면서 나머지 파편에도 마찬가지로 연금을 발동시켰다.

연금을 사용하여 대량으로 있던 결정주 파편을 작은 크기의 결정주로 여러 개 바꾸었다.

"——대단해! 윤 언니! 지금까지 그냥 버리던 아이템이었는데, 수십 배 가격으로 팔 수 있겠어!"

"그럼 바로 이걸——《합성》!"

나는 은의 금속조각, 성수, 작은 크기의 결정주를 합성하여 [액막이 결계조각]을 완성시키고 거기에 연결 결계 효과를 넣는데 성공했다.

"뮤우, 고마워! 마음 편히 쓸 수 있게 되었어!"

"잘 됐네! 이제 실제로 효과를 조사해봐야지?"

"그래. 바로 검증을——."

나는 그 기세를 살려 방금 완성된 [액막이 결계조각]을 들고 [아트리엘] 바깥으로 뛰쳐나가려 했지만, 그때 메뉴에 메시지가 왔다.

세이 누나가 보낸 메시지였고, 저녁 식사를 할 시간이니 로그아웃하라는 내용이었다.

"휴우. 그러고 보니 시간이 꽤 많이 지났네. 세이 누나가 부르니까 일단 로그아웃할까?"

"그래. 나도 머리를 많이 쓰면서 생각했더니 좀 지쳤어. 그래도 생산하는 모습을 보니 재미있네."

"그럼 뮤우도 생산을 해볼—— "안 해! 재미는 있었지만 나한테 맞지 않는다는 걸 잘 알았어!"——아, 그러세요."

뮤우가 아이템을 조합해서 물건을 만드는 생산에 흥미를 보인 것이 기뻐서 나도 모르게 생산의 길로 끌어들이려 했는데 딱 잘라 거절하자 좀 아쉽기도 했다.

"검증은 내일 해야지. 밤에 다시 로그인해서 준비를 갖추자고."

"응, 알았어. 세이 언니가 기다리지 않게끔 바로 로그아웃해야지!"

나는 고개를 끄덕이고 뮤우와 함께 로그아웃했다.

내일 라이트닝 호스와 전투를 벌이기 위한 대책은 일단 마련되었다. 포션을 준비하고 온 힘을 다해 도전하기만 하면 된다.

●

어젯밤, 혼자서 [아트리엘]로 돌아와 두 번째 시련에 필요한 메가 포션, MP 포트, 액막이 결계조각을 준비했다.

그리고 오늘 아침, 뮤우와 세이 누나의 도움을 받아 타쿠와 만나기로 한 고원 에리어에서 PVP 전투를 통해 그 효과를 검증했다.

고원에 뮤우의 빛마법과 세이 누나의 물마법이 이리저리 날아다니는 와중에 나는 액막이 결계조각을 사용하여 그 마법을 막기만 했다.

실제로는 날아오는 마법의 위력에 따라 막는데 필요한 액막이 결계조각의 개수를 조사하고, 라이트닝 호스의 일격을 막을 수 있는 액막이 결계조각의 개수를 대충 계산하고 있었다.

"뮤우, 세이 누나, 이 정도면 됐어. 대충 검증이 되었으니까."

"내 최대 화력 마법은 막아내지는 못하더라도 위력을 경감시켜버리네. 윤, 방어력이 더 높아졌어."

"그래. 이제 제일 먼저 쓰러지지는 않겠지."

검증이 끝난 뒤 숨을 돌리고 있자니 타쿠가 포탈을 통해 시간에 딱 맞게 모습을 드러냈다.

"윤하고 뮤우, 그리고 세이 씨. 재미있는 걸 할 거면 나도 불러줘."

타쿠가 입을 열자마자 그렇게 말했기에 나는 한숨을 쉰 다음 이유를 설명했다.

"이번에는 아이템을 사용한 마법의 방어 검증을 한 거니까, 마법을 쓸 수 없는 타쿠는 필요 없거든."

"그래도 말이지, 보기만 해도 재미있을 것 같은데!"

"타쿠 씨도 금방 볼 수 있을 테니까 괜찮아요! 자, 이번에는 확실하게 복수하자고요!"

뮤우가 그렇게 말한 다음 선두에 서서 라이트닝 호스가 있는 약간 높은 언덕을 향해 나아가기 시작했고, 우리는 그 뒤를 따라갔다.

그리고 우리는 약간 높은 언덕 위에서 엎드려 있는 라이트닝 호스를 발견한 다음 각자 준비를 갖추었다.

"뤼이, 또 부탁할게——《소환》!"

나는 하얀 소환석을 꺼내 성수화한 뤼이를 불러냈다.

라이트닝 호스의 빠른 속도에 대처할 수 없는 나는 뤼이의 힘을 빌릴 수밖에 없다.

그리고 나는 센스와 장비를 정리했다.

소지 SP 13

[활 Lv50] [장궁 Lv32] [마궁 Lv12] [간파 Lv30] [마도 Lv21]

[대지속성 재능 Lv2] [부가술 Lv45] [조교 Lv31]

[물리공격 상승 Lv12] [선제의 소양 Lv10]

대기

[하늘의 눈 Lv18] [준족 Lv22] [조약사 Lv12] [연금 Lv46]

[합성 Lv46] [조금 Lv26] [생산직의 소양 Lv8] [요리인 Lv15]
[수영 Lv15] [언어학 Lv25] [등산 Lv21] [신체내성 Lv5]
[정신내성 Lv4] [급소의 소양 Lv10]

라이트닝 호스가 내뿜는 뇌격의 섬광은 [하늘의 눈]으로 보면 너무 잘 보여서 앞을 볼 수가 없게 되기 때문에 빼고, 그 대신 활 계열 센스를 삼중으로 장비하기로 했다.

"윤, 작전은 알겠지?"

"그래, 나하고 뤼이, 타쿠가 라이트닝 호스를 끌어들이면서 공격해서 약하게 만드는 거지. 뮤우하고 세이 누나가 그동안 해치울 장소를 마련하면, 그곳으로 유인해서 단숨에 끝내는 거고."

이동속도가 빠른 라이트닝 호스와 제일 먼저 붙는 것은 뤼이와 함께 움직일 수 있는 나. 그리고 그 다음은 순수한 검사인 타쿠다.

우리가 라이트닝 호스의 HP를 어느 정도 깎아내면서 시간을 벌면 그동안 뮤우와 세이누나가 준비한 고화력 공격을 단숨에 때려 넣을 수 있는 곳으로 유도해서 한순간에 승부를 낼 생각이다.

나와 타쿠가 꽤 많은 위험부담을 지게 되지만, 네 명 파티인 경우에는 지구전, 내구전에 적합하지 않기에 어쩔 수 없다.

“그럼 모두에게 인챈트를 걸게. 《인챈트》── 어택, 디펜스, 인텔리전스, 스피드.”

타쿠에게는 공격과 방어, 속도의 삼중 인챈트, 뮤우와 세이 누나에게는 마법공격과 속도의 이중 인챈트를 걸었다.

마지막으로 나와 뤼이에게는 각각 방어와 마법방어, 속도의 삼중 인챈트를 걸고 나서 뤼이를 탔다.

“자, 뮤우와 세이 누나가 준비를 마칠 때까지 열심히 해 보자.”

나는 라이트닝 호스에게서 좀 떨어진 곳에 뮤우와 세이 누나를 남겨두고 타쿠와 함께 언덕을 올라가 저번과 마찬가지로 언덕 위에 엎드려 있던 라이트닝 호스가 반응하는 거리까지 다가갔다.

나는 라이트닝 호스가 일어서서 온몸을 통해 전기를 뿜어내기 시작한 것과 동시에 허리에 달고 있던 주머니 안에서 액막이 결계조각을 네 장 꺼내서 공중에 던졌다.

결계 조각 네 장이 공중에서 연결되어 면으로 펼치자, 라이트닝 호스가 내뿜은 뇌격이 그 결계에 막혀서 방향이 바뀌어서 우리가 없는 곳에 떨어졌다.

“첫 번째 공격은 막아냈구나. 자, 지금부터가 중요하지.”

타쿠는 이미 라이트닝 호스의 뒤로 돌아가기 위해 뛰어가기 시작했고, 주로 끌어들이는 역할을 맡은 내가 라이트닝 호스의 어그로를 끌기 위해 화살을 날렸다.

『──키이이이이잉!』

몸에 화살이 꽂히자 소리 높여 울면서 앞발을 크게 들어 올린 라이트닝 호스.

화살에는 맞은 상대의 움직임을 둔하게 만드는 마비 상태 이상 약을 합성해두었는데, 그 효과는 발동되지 않았고, 라이트닝 호스가 뒷다리에 번개를 두르며 달려왔다.

"뤼이! 돌아! 온 힘을 다해 도망쳐!"

나와 뤼이가 어그로를 끄는데는 성공했지만, 지금부터가 진짜 승부다.

뤼이는 내 지시에 따라 단숨에 돌아서 가속하기 시작했지만, 라이트닝 호스가 더 빠른지 점점 거리가 좁아졌다.

하지만 고원의 넓은 필드에서 뤼이가 조금씩 좌우로 진로를 바꾸었기에 라이트닝 호스는 좀처럼 따라잡지 못하고 있었다.

나는 뤼이의 고삐를 꽉 쥔 채 등자에 올려둔 발에 힘을 꽉 주고 떨어지지 않게끔 버티면서 좌우로 틀기 직전에 고삐를 놓은 뒤 화살을 겨누었다.

나는 라이트닝 호스에게 살짝 몸의 측면을 드러내기 시작한 뤼이 위에서 상반신을 틀어 위아래로 거세게 흔들리는 상황에서 쫓아오는 라이트닝 호스의 이마를 향해 화살을 날렸다.

하지만 라이트닝 호스는 바람을 가르며 날아간 화살을 뇌격으로 떨어뜨렸고, 가끔은 몸을 크게 눕혀 피했다.

"피하네. 속도를 좀 늦추면……."

라이트닝 호스의 뇌격 섬광에 대처하기 위해 [하늘의 눈] 센스를 해제한 상황이지만 지금 이런 상황에서는 [부가술]과 [하늘의 눈]을 조합시킨 원거리 약체화 기술, 커스드를 쓰고 싶어졌다.

유우와 세이 누나에게는 전투를 벌이기 전에 인챈트를 걸긴 했지만, 역시 평소에 자주 쓰던 능력에 제한이 걸리니 힘들다.

그렇게 좀처럼 효과적인 공격을 가하지 못하고 있자니 어느 정도 다가온 라이트닝 호스가 온몸에 번개를 두르고 달려들었다.

닿기만 해도 치명적인 대미지를 입을 수도 있는 전격 뇌격의 돌진을 뤼이가 필사적으로 피했다.

그리고 뇌격을 두른 채 돌진해오는 걸 보니 물리공격에 해당하는 공격수단이다.

[액막이 결계조각]은 마법공격의 위력을 경감, 무효화시킬 수는 있지만 물리공격이나 마법검 등의 속성 물리공격에는 효과가 없다.

다시 말해 저 뇌격 돌진에는 효과가 없기에 맞을 수는 없다.

"뤼이. 그대로 똑바로 달려! 나를 믿고!"

점점 따라잡히기 시작하자 등과 목덜미에 얼얼한 느낌이 드는 가운데 나를 태운 뤼이가 일직선으로 달려갔다.

목을 틀어 뒤를 보니 라이트닝 호스가 무서워질 정도로

빠르게 다가오고 있었다.

이제 곧 따라잡힐 것 같았지만, 그럼에도 불구하고 뤼이를 계속 달리게 했다.

"──《소닉 엣지》!"

그 공격을 맞고 등뒤까지 쫓아왔던 라이트닝 호스가 옆으로 쓰러지자 몸에 두르고 있던 번개가 지면으로 흡수되었다.

"아무리 빠르더라도 지나갈 곳만 예측할 수 있으면 공격을 맞출 수가 있구나."

"타쿠, 늦었잖아!"

"네 움직임이 너무 변칙적이고 빨라서 그래! 여러 번 잠복하려고 했는데 그때마다 코스에서 벗어나니까!"

첫 번째 공격을 막아낸 다음, 다른 방향으로 움직인 타쿠는 어느 정도 거리를 유지한 채, 뤼이와 라이트닝 호스의 공방을 지켜보며 단독으로 습격할 타이밍을 살피고 있었다.

그리고 지금, 들고 있는 무기는 이번 보스전 비장의 수인 [황토영은검 슬로우블로우]──그랜드 록의 몸 안에 삼켜진 채 그곳에서 살면서 최고의 검을 만드는 것을 목표로 삼고 있는 대장장이 NPC가 만들어낸 유니크 무기였다.

"이런, 라이트닝 호스가 일어난다. 타쿠, 물러나!"

"세이 씨와 뮤우가 아직 준비를 끝내지 못했으니까. 시간을 버는 동안 두세 번 정도는 습격해주지!"

나와 타쿠가 곧바로 다른 방향을 향해 뛰어가기 시작하자, 라이트닝 호스는 어그로 수치가 더 높은 나와 뤼이를 표적으로 삼고 달려왔다.

몸 전체로부터 뇌격을 뿜어내며 달려오는 그 공격은 위협적이긴 했지만, 방금 맞은《소닉 엣지》가 효과를 발휘했는지 속도가 눈에 띄게 떨어진 라이트닝 호스.

NPC 한정 추가효과인 [권태]로 인해 속도가 떨어진 모양이었다.

그래서 그때부터 나와 뤼이의 반격이 시작되었다.

우리들을 따라잡지 못하는 라이트닝 호스에게 내가 화살을 날리자 [권태]의 영향으로 인해 라이트닝 호스가 공격을 피하지 못하고 몸에 화살을 맞았다.

방어력이 낮아서 그런지 내 화살 공격으로도 HP를 어느 정도 깎을 수 있었다.

어떻게든 우리를 공격하고 싶었던 라이트닝 호스는 원거리 공격수단인 뇌격을 날렸지만, 그것도 [액막이 결계조각]으로 막아낼 수 있는 정도의 공격이었다.

그리고 타쿠가 내가 공격하는 타이밍을 보고 자신이 표적이 되지 않을 정도로 공격을 가해 대미지를 축적시켰다.

그리고 라이트닝 호스의 HP가 7할 정도 남았을 때, 하늘로 수렴광선의 빛이 솟구친 것을 보았다.

"뮤우와 세이 누나가 준비를 마쳤구나. 뤼이! 저 빛기둥 쪽으로 달려가!"

우리는 일격에 해치우기 위한 준비를 하고 있었던 뮤우와 세이 누나가 피해를 입지 않게끔 약간 높은 언덕의 반대쪽으로 도망쳤는데, 생각했던 것보다 거리가 많이 벌어진 모양이었다.

타쿠도 신호를 보고 최단거리로 이동하기 시작했기에 라이트닝 호스에게 쫓기고 있는 나와 뤼이보다 먼저 합류지점에 도착할 것 같았다.

이제 이대로 도망치기만 하면── 그렇게 생각하고 있자니 시야 구석에서 라이트닝 호스가 천천히 멈춰서기 시작한 것이 보였다.

"──어?!"

설마 이런 상황에서 공격을 멈출 거라고는 상상도 하지 못했다. 지금까지 계속 라이트닝 호스를 유인했고, 이제 확실하게 쓰러뜨리기 위해 끌어낼 생각이었는데, 지금 멈춰버리면 전부 허사가 된다.

예정대로 뤼이를 달려가게 하면서도 뮤우와 세이 누나에게 예측하지 못했던 사태가 발생했다는 신호를 보내야 할까, 내가 그렇게 고민하고 있자니 배에 묵직하게 울린 소리가 들린 것과 동시에 라이트닝 호스의 주위가 폭발했다.

"히익! 뤼이! 뛰어!"

[간파] 센스가 단숨에 가장 큰 위기를 알린 것과 동시에 내가 뤼이에게 가속하라고 명령했다.

라이트닝 호스의 스테이터스 중 공격, 마법공격이 상승하고, 상태이상이 회복되고, 상시 방전상태, [분노]의 상태이상 등, 척 보기에도 분명히 강화된 그 모습은 광폭화 내지는 폭주 모드라 할 수 있는 것이었다.

사전에 입수했던 정보에 따르면 남은 HP가 일정 이하로 떨어지면 저런 상황이 발생한다는 이야기가 없었다.

시간 경과로 인한 현상일까, 아니면 어그로 수치가 일정 이상 쌓였기 때문일까.

하지만 원인을 검증할 여유는 없었기에 나는 그저 뤼이를 달리게 하며 일직선으로 뮤우와 세이 누나가 있는 곳으로 향했다.

『——키이이이이잉!』

라이트닝 호스가 달려가면서 날카로운 소리를 울리자 몸에 두르고 있던 뇌격이 하늘 위로 솟구쳤고, 국지적인 먹구름이 고원의 약간 높은 언덕 주위에 퍼졌다.

그리고 섬광이 날아들었다.

"윽?! 낙뢰 같은 걸 어떻게 대처하라는 거야!"

달려가던 뤼이의 대각선 앞에 번개가 꽂혔고, 평원의 풀밭에 까맣게 그을린 자국을 나겼다.

먹구름 아래에는 랜덤으로 번개가 발생하여 지면에 떨어졌고 그 충격파가 내 피부를 스쳐갔다.

스테이터스가 상승한 채 다시 번개를 두른 라이트닝 호스가 우리를 쫓아왔다.

다시 속도가 올라갔고, 위력도 더욱 강해진 뇌격을 두른 그 돌격을 피하기 위해 나는 비장의 수를 하나 썼다.

"뤼이! ——[환술]이야!"

나와 뤼이의 몸을 투명화시켜서 우리들에게 간섭하는 모든 사상을 투과시킨다.

우리를 지나친 라이트닝 호스는 멈춰 서서 우리를 찾고 있었다.

우리는 그 틈을 타서 최대한 시간과 거리를 벌면서 뮤우와 세이 누나가 기다리고 있는 곳으로 유도하기 편한 위치에서 [환술]을 해제했다.

『——키이이이이잉!』

나를 발견한 라이트닝 호스가 위협하는 소리를 내며 다시 쫓아왔다.

언제 하늘에서 떨어질지 모르는 번개와 뒤에서 위압감을 내뿜으며 달려드는 라이트닝 호스가 더욱 긴장되게 만들었다.

뤼이의 [환술]은 소비하는 MP도 많고, 쿨타임이 아직 돌아오지도 않았기 때문에 다시 쓸 수는 없다.

『——키이이이잉!』

나는 날카로운 울음소리에 반응한 [간파] 센스에 따라 [액막이 결계조각]을 있는 힘껏 던졌다.

그 직후, 지금까지 날린 뇌격이 막혔다는 것을 이해한 라이트닝 호스는 더욱 강화된 일격을 우리에게 날렸지만 그것도 결계조각이 겨우 막아냈다.

따로 떼어놓으면 약한 은의 금속조각이 차례차례 터져서 사라지며 뇌격을 세 방향으로 분산시켜 공격을 막아냈다.

솔직히 위험했다. 나는 첫 번째 공격인 최대 화력의 뇌격에 필적하는 그 일격으로 인해 가지고 있던 [액막이 결계조각]을 대부분 써버렸다.

하지만 이제 곧 유우와 세이 누나가 기다리고 있는 곳에 도착한다.

"——윽?!"

그렇게 생각하며 안심한 순간, 하늘에 섬광이 반짝였고, 번개가 우리를 향해 떨어지는 것이 보였다.

극도로 위기에 처한 상황이라 시야 안의 경치가 느린 속도로 보였고, 이대로 가다가는 내가 행동하기도 전에 번개에 맞게 되어버릴 것이다.

"뤼이! 무슨 일이 있더라도 멈추지 마! 계속 달려!"

하지만 그 직후에 날아든 낙뢰가 나와 뤼이의 몸을 꿰뚫고 시야를 새하얗게 물들였다.

나는 눈을 꽉 감고 이를 악물며 견뎠지만 한순간 의식이 날아갔다.

그때, 멀리서 유리가 깨진 것 같은 소리가 들렸고, 눈꺼풀 안쪽이 하얀색에서 검은색으로 다시 물들자 곧바로 날아간 의식이 따스한 것에 감싸인 듯한 감각과 함께 다시 깨어났고, 나는 뤼이의 고삐를 세게 쥐었다.

"……다행이네, 살아 있어."

나는 약간 쉰 목소리로 말했다.

뤼이는 뇌격을 맞은 뒤에도 내 지시에 따라 계속 달려가고 있었던 모양이었다.

내 몸을 보니 곳곳에서 검은 연기가 피어올라 뒤쪽으로 흘러가는 것이 보였다.

남은 HP는 2할. 아마 의식이 날아간 원인은 한 번에 HP가 절반 이상 깎인 것으로 인한 [기절] 상태이상 때문이었을 것이다. 지금은 뤼이의 정화마법에 몸이 감싸여 상태이상이 해제되어 있었다.

나는 인벤토리에서 메가포션을 꺼내 단숨에 마셔서 줄어든 HP를 빠르게 회복시킨 다음 뒤쪽을 보고 주위의 상황을 확인했다.

뒤쪽에서는 라이트닝 호스의 폭주 모드 제한시간이 끝났는지 모든 스테이터스가 원래대로 돌아왔고, 하늘에 끼어 있던 먹구름도 걷히고 번개도 잦아든 상태였다.

좀 전에는 왜 나만 낙뢰의 대미지를 입었고, 뤼이는 계속 달릴 수 있었을까.

저번에 라이트닝 호스의 첫 번째 공격에 내가 당했을 때, 세이 누나가 장착하지 않았다고 지적했던 적의 공격을 무효화시켜주는 액세서리인 [대신하는 보옥의 반지]를 이번에는 장착하고 있었다. 단, 뤼이가.

이번에는 빠른 라이트닝 호스를 성공적으로 유도하기 위해 뤼이의 달리기와 환술이 꼭 필요했다. 반대로 말하자면 뤼이가 쓰러진 시점에서 이 작전은 실패하게 된다. 그래서 나는 일부러 내가 아니라 뤼이에게 [대신하는 보옥의 반지]

를 장비하게 하고 나는 그냥 공격을 맞는다는 선택지를 고른 것이다.

그리고 내가 움직이지 못하더라도 뤼이가 움직일 수 있다면 최악의 경우에도 작전을 계속 진행할 수 있다.

그렇게 생각했던 것을 떠올리고 내 선택이 잘못되지 않았다는 것에 안심하고 있자니——.

"윤! 왔구나!"

"그래, 제대로 들어맞았어!"

나는 뮤우와 세이 누나, 그리고 먼저 도착한 타쿠가 기다리고 있던 곳을 그대로 지나쳤다.

그 직후, 나를 쫓아온 라이트닝 호스가 마찬가지로 그곳을 통과하려다가 넘어졌고, 달려가던 기세를 이기지 못하고 고원의 지면에 부딪혔다.

"저건……."

라이트닝 호스는 일어나려 했지만, 앞발과 뒷발을 붙잡고 있는 빛의 고리가 나타났다.

"——《엔젤 링》. 사실 나는 묶어두는 마법 같은 건 선호하지 않는데. 그리고 움직이는 상대를 붙잡는 이 마법은 제어하기도 힘들고."

계속 움직이는 상대를 구속시키는 건 힘들다, 뮤우는 그렇게 말했지만 확실하게 해냈다.

그 뒤를 이어 세이 누나가 지팡이로 지면을 찌르자 고원의 풀이 하얗게 얼어붙었고, 라이트닝 호스의 몸이 서리와 얼음으로 뒤덮이며 더욱 강하게 구속되었다.

"자, 다음 일격으로 끝내볼까?"

지팡이를 들어 올리고 그렇게 선언한 세이 누나.

그때, 표적을 세이 누나로 바꾼 라이트닝 호스가 남은 힘을 쥐어짜내 뇌격을 날렸다.

하지만——.

"——《쇼크 임팩트》!"

옆에서 뛰쳐나온 타쿠의 참격으로 인해 그 뇌격은 흩어져 버렸다.

"위험했네."

"후후, 타쿠 군. 고마워. 자—— 이제 끝이야."

세이 누나는 그렇게 말한 것과 동시에 이 전투가 시작된 직후부터 발동 직전 상태로 계속 늘려왔던 마법을 단숨에 해방시켰다.

그것은 라이트닝 호스를 둘러싸는 듯이 모든 방향으로 전개된 백여 개의 얼음창.

그 끄트머리가 전부 라이트닝 호스를 향하고 있었다.

"압도적인 물량에 잠겨라!"

『——히이이이이잉!』

휘두른 지팡이의 움직임에 맞춰 쓰러진 라이트닝 호스의 몸으로 쇄도하는 얼음창 더미.

그 고통으로 인해 라이트닝 호스가 비명을 질렀지만 그 비명도 곧바로 얼음창이 부서지는 파쇄음으로 인해 묻혔다.

부서진 얼음이 눈보라처럼 시야를 하얗게 가로막았고, 모든 것이 끝나자 세이 누나는 숨을 길게 내쉬었다.

●

라이트닝 호스와의 전투를 마치고 긴장을 푼 세이 누나가 나를 돌아보았다.

"역시 백 개가 넘는 마법을 준비하는 건 힘드네. 윤의 MP 포트가 없었으면 불가능했을 거야."

그렇게 말하며 품속에서 빈 포션 병을 꺼내 내게 보여주었다.

내가 작은 목소리로 고생했다고 말하자 그 건너편에서 고원의 바람이 하얀 연기를 휩쓰는 듯이 불었고, 그 안에서 엎드린 채 고개를 들고 있던 라이트닝 호스의 실루엣이 보였다.

"세이 언니의 공격을 그렇게 많이 맞았는데도 쓰러지지 않았어?! 그렇다면 내가."

"잠깐만! 뮤우!"

나는 쓰러지지 않았던 라이트닝 호스의 숨통을 끊으려 하는 뮤우의 손을 잡고 말리며 하얀 연기가 완전히 걷히는 것을 기다렸다.

그 가운데에 있던 것은 옆구리를 이쪽으로 향한 채 엎드린 자세로 전혀 저항할 기색을 보이지 않고 있는 라이트닝 호스였다.

이런 상황인데도 일단 쓰러뜨린 것으로 판정된 모양인지 드랍 아이템도 얻었는데, 다른 MOB과는 달리 쓰러진 뒤에 빛의 입자가 되어 사라지지는 않는 것 같았다.

"저기…… 이런 경우에는 어떻게 되려나?"

지금까지 보지 못했던 패턴이었기에 이대로 북쪽 마을로 가면 되는 건지, 아니면 또 뭔가가 있는 건지, 세이 누나가 곤란해하는 표정을 짓고 있었다.

라이트닝 호스도 더 이상 전투를 벌이지 않을 거라 판단했는지 일어서서 약간 높은 언덕의 꼭대기로 돌아갔다.

"으윽, 뭐야? 왜 쓰러뜨렸는데 사라지지 않는 거야?"

뭐라 말할 수 없는 찝찝한 느낌으로 인해 그렇게 말한 뮤우를 보고 타쿠가 예상한 것을 말했다.

"대체 뭘까. 다른 퀘스트의 중요 MOB이라서 저렇게 설정되어 있는 건지도 모르지."

보스 MOB을 쓰러뜨린 다음 리젠되기 전까지 퀘스트를 수행하지 못하는 상황이 발생하지 않게끔 애초에 사라지지 않게 설정되어 있는지도 모른다.

아무튼 이제 북쪽 마을로 가는 길이 열린 모양이다.

약간 높은 언덕 너머를 향해 걸어가기 시작했는데도 라이트닝 호스는 공격하지 않고 계속 엎드려 있었기에 우리는 그 옆을 지나갈 수 있었다.

그리고 약간 높은 언덕을 내려가 보니 터널이 보였다.

사람들이 천연 동굴을 가공한 것으로 보이는 그 터널을

지나자 그곳은 눈이 가득한 은세계였다.

멀리 산에서 불어온 차가운 바람으로 인해 눈보라가 피어오르는 와중에 눈이 무릎 높이까지 쌓여 있어서 이동하려면 고생할 것 같다.

"아, 뤼이를 타고 이동하는 건 힘들겠네. 뤼이, 고생했어——《송환》."

나는 뤼이를 소환석으로 돌려보내고 터널에서 보이는 북쪽 마을에 대성당의 신부 NPC에게 받은 [유행병의 약]을 가져다주기 위해 걸어가기 시작했다.

"호오, 이렇게 되어 있구나."

나는 가까이 갈수록 높아지는 북쪽 마을의 성벽을 올려다보았다.

돌을 쌓아 만든 성벽은 제1의 마을 성벽보다는 낮았지만 두꺼웠고, 성벽 위에 쌓인 눈을 바깥쪽으로 떨어뜨려서 그런지 성벽 바깥쪽에 눈이 높게 쌓여 있었다.

우리는 마을의 출입구인 아치 형태의 성문을 지난 뒤 거리를 보고 소리를 내며 감탄했다.

"우와, 지붕이 전부 다 뾰족뾰족해! 그리고 굴뚝에서 하얀 연기가 나오네!"

뮤우는 경사가 가파른 지붕이 달린 집으로 통일된 거리를 보며 걸어갔다.

그 지붕은 눈이 많이 쌓이기 전에 자연스럽게 떨어지게끔

만들어놓았고, 집의 현관이 눈에 묻히지 않게끔 전부 다 지면보다 높게 지어져 있었기에 현관 앞에 계단이 있었다.

그리고 모든 집에서 난로를 피우고 있어서 그런지 굴뚝에서 연기가 피어오르고 있었고, 마을 전체에서 그런 모습을 볼 수 있었기에 왠지 환상적인 느낌이 들었다. 그리고 우리가 걸어가고 있던 남북으로 이어진 큰길에는 일정 간격으로 하수도 뚜껑이 열려 있었고, 주민 NPC들이 그곳에 눈을 던져 넣고 있었다.

그리고 무엇보다 눈길을 끈 것은――.

“대단하다~! 저런 곳에 성이 있어!”

“마치 독일의 노이슈반슈타인 성 같구나.”

뮤우가 감탄하며 소리를 질렀고, 세이 누나가 비슷하게 생긴 현실의 성 이름을 말했다.

북쪽 성벽 너머, 하얀 눈보라 안에 희미하게나마 산의 경사 절벽 쪽에 세워진 멋진 성이 보였다.

새하얀 세계 안, 눈의 경사에 달라붙은 듯이 세워져 있는 하얀 성에는 탑 여러 개가 하늘 높이 솟아올라 있었고, 그 꼭대기 부분에는 구름이 얇게 소용돌이치고 있어서 새하얀 경치인데도 불구하고 약간 기분 나쁜 느낌조차 들었다.

“이봐이봐, 새로운 에리어가 신경 쓰이는 건 이해가 되긴 하는데, 두 번째 시련 퀘스트를 먼저 해야지.”

성의 모습에 정신이 팔려 있던 우리는 타쿠에게 혼난 다음 다시 남북으로 이어진 큰길을 지나 마을 가운데에 있는 포탈을 등록하고 북쪽 마을에 있는 자그마한 교회로 향했다. 그곳에 [유행병의 약]이 오기를 기다리는 퀘스트 NPC가 있는 모양이었다.

진료소를 겸하고 있고 돌로 만들어 중후한 느낌이 드는 교회 앞에 있던 남자 NPC에게 말을 걸었다.

"실례합니다. [유행병의 약]을 가져다 드리러 왔는데요."

"아, 대성당의 성직자에게 도움을 요청했는데 온 모양이군요! 감사합니다! 바로 환자분들에게 드려야겠어요!"

성직자 같지는 않은 그 남자 NPC에게 퀘스트의 중요 아이템인 [유행병의 약]을 건네자 곧바로 교회 안으로 뛰어가 버렸다.

"이걸로 퀘스트는 끝인가? 그런 건 아닌 것 같은데."

아이템을 건네자마자 남자 NPC가 교회 안으로 뛰어갔을 뿐, 퀘스트가 끝났다는 것을 알리는 알림도 뜨지 않았다.

"있잖아, 추운데 안으로 들어가면 안 돼?"

"그래. 그리고 그 남자 NPC가 안에서 뭘 하고 있는지 살펴보자."

뮤우와 세이 누나가 제안했기에 우리가 살며시 교회 안으로 들어가자 작게나마 스테인드글라스 창문이 있는 그곳은 간이 진료시설이었고, 따스한 실내에는 환자 NPC가 누워 있는 침대가 늘어서 있었다.

그곳에서는 방금 보았던 남자 NPC가 환자 한 명 한 명에게 [유행병의 약]을 먹이고 있었고, 우리가 온 것을 눈치채지 못한 모양이었다.

남녀노소, 약 스무 명 이상의 환자 NPC를 돌봐주고 있는 것은 그 남자 NPC 혼자뿐이었다.

"좀 도와주고 올게."

나는 남자 NPC에게 뛰어가 말을 걸었다.

"저기, 약을 먹이는 걸 도와드릴게요."

"감사합니다. 그럼 제가 이쪽을 맡을 테니 저쪽에 있는 아이들을 부탁합니다."

나는 [유행병의 약]을 받은 뒤 바로 아이들이 누워 있는 침대로 다가가 약병의 뚜껑을 열었다.

그리고 마시기 편하게끔 윗몸을 일으키게 하고 천천히 병 안에 있는 액체를 마시게 했다.

"으윽, 이거 맛없어, 누나."

"좋은 약은 입에 쓴 법이야. 자, 약을 먹었으니 한숨 더 자."

나는 약을 다 먹은 아이의 머리를 쓰다듬은 다음 다시 침대에 눕히고 모포를 덮어주었다.

그러자 금방 잠든 뒤 규칙적인 숨소리를 내기 시작했다.

한편, 나와 남자 NPC를 보고 있던 뮤우와 다른 사람들은 그런 상황에 대해 고찰하고 있었다.

"혹시 저 남자 NPC의 작업이 끝나지 않으면 퀘스트를 클리어할 수 없는 건가?"

"구제 퀘스트니까. 그렇다면 약을 가져다주는 것뿐만이 아니라 환자도 확실하게 도와주어야 하겠지."

세이 누나는 메뉴를 띄우고 받은 퀘스트의 설명을 보며 뮤우에게 대답했다.

"그럼 도와줄까. 윤, 나도 도울 테니까 약을 나눠줘!"

"나도 도울래!"

"그래. 모두 함께 하면 그만큼 빨리 끝나겠지. 나도 도울게."

다른 세 사람도 그렇게 말하며 [유행병의 약]을 받아서 환자 NPC에게 먹였다.

뮤우와 타쿠는 혼자서 움직일 수 있는 환자 NPC에게, 남자 NPC는 나이든 환자 NPC에게, 나와 세이 누나는 어린 환자 NPC에게 각각 약을 먹였다.

덕분에 금방 모두에게 약을 먹일 수 있었고, 교회 안에 있던 환자 NPC 모두가 규칙적인 숨소리를 내며 자기 시작했다.

"도와주셔서 감사합니다. 약을 먹였으니 이제 다들 괜찮을 겁니다. 정말 감사합니다."

고개를 숙이는 남자 NPC를 보고 타쿠와 뮤우는 조금 쑥스러워 하면서도 기쁜 것처럼 보였다.

나와 세이 누나는 환자를 구해냈다는 달성감과 충실감을 느끼고 미소를 지었다.

"여기서 보수를 지불할 수는 없지만, 이걸 가지고 대성당에 가시면 보수와 교환해줄 겁니다."

남자 NPC는 그렇게 말한 다음 퀘스트 아이템인 [북쪽 마을의 감사장]이라는 편지를 내밀었다.

우리는 그것을 받고 나서 두 번째 시련 퀘스트를 달성할 수 있었다.
우리 모두는 교회를 떠나며 퀘스트의 달성감, 많은 환자 NPC를 구한 것, 그로 인해 감사의 인사를 받은 감동의 여운에 취해 있었다.
"그건 그렇고 윤 언니하고 세이 언니는 환자에게 약을 먹이는 게 능숙하던데. 나하고 타쿠 씨는 잘 먹일 수가 없었으니까, 좀 존경하게 되었어. 마치 성모 같았거든!"
"서, 성모라니……."
나는 뮤우가 말한 표현을 듣고 어깨를 늘어뜨렸고, 세이 누나는 쓴웃음을 지으면서도 칭찬해주니 기쁜 것 같았다.
타쿠는 남자인 내가 성모라는 말을 들은 것이 우스웠는지 어깨를 떨면서 큭큭큭, 웃음을 참고 있었다.
"뭐야, 타쿠. 뭐가 웃긴데."
"아니, 얼마 전에 윤이 입었던 수녀복이 생각나서."
타쿠가 그렇게 말한 다음 다시 웃음을 참았기에 나는 잊어버리고 있던 것을 떠올리고 창피해져서 얼굴이 붉어졌다.
"윽?!"
"아, 예뻤는데. 윤 언니, 이제 안 입어?"
"입을 리가 없잖아!"
나는 강하게 부정하고 그 화제에서 벗어나기 위해 빠른 걸음으로 마을 중앙에 설치되어 있는 포탈로 향했다.
"자! 아직 세 번째 시련이 남아 있잖아! 시간도 얼마 남지 않았어!"

"기다려~, 윤 언니!"

내 뒤를 따른 걸음으로 쫓아오는 뮤우, 그리고 그 뒤에서 쓴웃음을 짓고 있는 세이 누나와 타쿠.

우리는 그곳에 있던 포탈을 이용해 제1의 마을로 전이한 뒤 세 번째 시련에 관한 단서와 정보를 찾기 시작했다.

4장 중개와 조선 계획

센스 확장 퀘스트의 두 번째 시련인 구제 퀘스트를 마친 다음, 남은 세 번째 시련인 토벌 퀘스트 대상인 [황제무지벌레]의 정보는 거의 얻지 못했다.

그래서 우리는 각자 다른 방법으로 [황제무지벌레]를 찾아보고 있었고, 조사를 시작한 지 하루가 지나자 제각각 모은 정보를 가지고 모이기로 했다.

나는 집합장소로 지정한 [아트리엘]의 카운터에 앉아 뮤우, 세이 누나와 함께 쿄코 씨가 타준 차와 과자를 사이에 두고 각자 조사한 결과를 서로 보고했다. 타쿠는 늦게 온다고 했다.

"우선 나부터 말해도 될까?"

세이 누나가 손을 들고 [황제무지벌레]에 대해 조사한 결과를 보고했다.

"길드 멤버에게 물어봤는데, 다들 모른다고 했어. 라이트닝 호스와는 다르게 미확인 MOB이니까 정보를 전혀 얻을 수가 없었고."

충분한 결과를 얻지 못해서 미안하다는 듯한 표정을 짓고 있던 세이 누나는 금방 평소 때처럼 미소를 지으며 이렇게 말했다.

"그 대신 다들 새해 업데이트로 인해 변한 것들이나 추가된 퀘스트 같은 정보를 줘어."

필요한 정보를 얻지 못해서 실망한 세이 누나를 보고 길드 [팔백만] 멤버들이 신경 써준 건지도 모르겠다.

그것도 다 세이 누나의 서브마스터로서의 인복이겠지.

"그렇구나. 그럼 여유가 생기면 그런 퀘스트를 받아봐도 괜찮겠네."

"윤은 어때? 도서관에 갔었던 모양인데, 무슨 단서 같은 걸 찾은 게 있어?"

내가 고개를 끄덕이며 듣고 있자니 세이 누나가 내게 물었다.

"[황제무지벌레]의 정보는 못 찾았어. 그런데 재미있을 것 같은 내용의 책을 몇 권 찾아내서 나도 모르게 읽어버렸거든."

내가 눈 밑에 자라는 약초가 나와 있는 도감과 설국의 전승을 정리해둔 책 같은 것을 찾아낸 이야기를 하니 이번에는 세이 누나가 미소를 지으며 고개를 끄덕였다.

그리고 뮤우는――.

"세이 언니도 그렇고, 윤 언니도 왜 그렇게 느긋한 거야?! 이제 곧 세이 언니가 돌아가 버릴 텐데!"

새해 연휴가 끝나면 세이 누나가 다니는 대학교 수업이 다시 시작된다. 그 전에 멀리 있는 하숙집으로 돌아가야 하기 때문에 뮤우는 이 센스 확장 퀘스트의 공략 진도에 초조함을 느끼고 있었는데――.

"그래도 세 번째 시련 토벌 대상에 대한 단서가 없잖아."

"그래. 찾아내지 못한 적과는 싸울 수가 없으니까."

나는 한숨을 쉬면서 대답했고, 세이 누나도 내 의견에 맞장구를 쳤다.

퀘스트 자체에 딱히 기간이 정해져 있는 게 아니기 때문에 나와 세이 누나는 느긋한 마음이었지만, 뮤우는 그게 약간 불만인 모양이었다.

"그럼 뮤우는 [황제무지벌레]의 단서를 찾아왔어?"

"읏…… 그건…… 탐색 가능한 범위를 조사하고 돌아다녀 봤는데…… 못 찾았어."

내가 눈을 흘기자 기어들어가는 목소리로 말하고 눈을 피하면서도 우리들과 마찬가지로 성과가 없다고 보고하는 뮤우.

"그래도! 업데이트로 추가된 MOB은 보스 MOB까지 포함해서 몇 종류 찾아냈어!"

변명하는 듯이 빠르게 말하는 뮤우를 보고 나와 세이 누나는 쓴웃음을 지었다.

딱히 혼낸 것도 아니고, 센스 확장 퀘스트를 클리어하는 것에 그렇게까지 집착하는 것도 아니었기 때문에 일단 뮤우에게 진정하라며 차를 권했다.

약간 뜨거운 차를 꿀꺽 삼키고 숨을 돌린 뮤우에게 내가 말을 걸었다.

"이번에 못하면 다음번에 다시 모여서 조금씩 진행하면

되잖아?"

"그렇긴 한데, 역시 목표는 조금이라도 빨리 달성하고 싶잖아! 그리고 루카네하고 파티를 짤 때 자랑하고 싶어!"

뮤우는 나온 케이크에 손을 뻗어 화풀이하는 듯이 먹기 시작했다.

"그리고 말이지, 힌트 같은 게 아무것도 없어서 그 대성당에 있는 신부 NPC에게 이야기를 들으러 갔었어."

"그래서, 뭐래?"

"그게── '시련은 뛰어넘을 수 없는 자에게는 찾아오지 않는다'라던데!"

하긴, 센스 확장 퀘스트라서 그런지 각 시련은 일단 각자 소지하고 있는 센스와 레벨에 맞게 마련되었겠지만, 아무리 그래도 힌트가 그게 다라니, 나와 세이 누나는 그렇게 생각하며 쓴웃음을 지었다.

그때, [아트리엘] 가게 쪽 문이 열렸기에 우리가 그쪽을 보니 바깥의 냉기와 함께 들어온 타쿠가 말을 걸었다.

"다들 모였지? 좋은 소식이 있어."

"뭔데뭔데?! 설마 [황제무지벌레]가 나오는 곳을 알아낸 거야?!"

뮤우가 힘차게 일어서서 소리쳤지만, 타쿠는 고개를 저었다.

"알아냈다고 하기 보다는 알고 있다는 녀석을 찾아냈다고 해야겠지."

알고 있는 플레이어를 찾아냈는데 물어보지 않았다니, 나는 그렇게 생각하고 약간 낙담했지만, 타쿠가 카운터석에 앉아 자세하게 설명하기 시작했다.

"내가 알고 지내는 길드 마스터인데, 그 녀석에게 물어보니 알고는 있는 모양이야."

"그런데 가르쳐주지 않았구나. 무슨 교섭이라도 하려고 든 거야?"

"돈이나 아이템? 아니면 보스 토벌이나 퀘스트를 도와달라고?"

"교섭은 정답!"

그렇다. 정보는 아이템이나 장비에 필적할 정도의 가치를 지니고 있기에 세이 누나와 뮤우가 말한 것처럼 교환이 이루어지는 경우도 있다.

세이 누나가 서브마스터를 맡고 있는 길드 [팔백만] 같은 곳에서는 길드에 소속된 플레이어 전체를 강화시키기 위해 정보공유가 빈번하게 이루어지곤 하지만, 생산직의 레시피 정보 같은 것은 사고파는 대상이 되거나 연구비를 회수하기 전까지는 비밀로 하는 경우도 있기 때문에 내 [부가술]의 스킬인 《기능부여》나 《물질부여》에 관한 정보에도 가치가 매겨졌다.

나는 타쿠가 말했던 교섭에 어떤 것이 필요한지 신경 쓰여서 타쿠 쪽을 바라보았는데, 그다음에 타쿠가 한 말이 무슨 뜻인지 한순간 이해하지 못했다.

“윤하고 교섭을 하고 싶대. 교섭의 구체적인 내용은 그때 말하겠다고…….”

“왜 나야? 어? 뮤우나 세이 누나가 아니라?”

타쿠는 말없이 고개를 끄덕였지만, 나는 이해를 할 수가 없었다.

만능 전투 플레이어인 뮤우나 길드 [팔백만]의 서브마스터인 세이 누나라면 교섭하고 싶다는 이유도 이해가 되고, 두 사람과 교섭해서 파티의 전력으로 삼으려는 것도 이해가 된다.

하지만 나 개인을 지명하는 이유를 이해할 수가 없어서 고개를 갸웃거렸다.

“그래. 그런 이유구나.”

“어?! 세이 누나는 알겠어?”

“아니, 왜 윤 언니 본인이 모르는 건데.”

뮤우가 태클을 걸었지만, 역시 나는 전혀 알 수가 없었기에 뮤우가 어이없다는 표정을 지었다.

약간 혼란스러워 하는 내게 세이 누나가 설명해 주었다.

“윤은 자기가 OSO에서 유명한 생산직이라고 자각하고 있어?”

“내가 유명하다고? 뭐, 괴짜라는 면에서는 유명할지도 모르겠지만…….”

[보모]나 그런 쪽으로 괴짜 취급 받는 것으로 인해 유명할 가능성을 생각하고 인상을 찌푸렸지만, 세이 누나가 하고

싶은 말은 그런 게 아니었던 모양이다.

“윤은 [조합] 계열 생산직 중에서는 유명해. 그리고 다른 톱 생산직 플레이어들하고도 알고 지내는 사이고. 그래서 윤을 지명한다는 건——.”

“——생산에 관련된 이야기를 하고 싶다는 건가?”

내가 타쿠에게 그런 거냐고 눈빛으로 묻자 타쿠가 고개를 끄덕였다

“나도 이유를 확인한 건 아니지만 윤 상대로 교섭하려는 거니 그렇겠지. 그런데 만들기 어려운 아이템을 주문하려는 건지, 생산에 관련된 비밀정보를 원하는 건지, 듣지는 못했어.”

내가 톱 생산직이라니, 나는 아직 마기 씨와 다른 사람들의 뒤를 따라가고 있는 과정이라 생각하고 있었기에 그런 실감은 들지 않았다.

하지만 나를 교섭상대로 지명한 이유에 대해서는 일단 납득이 되었다.

“알았어. 그런데 어디서 교섭할 건데?”

“여기에서 하면 되겠지. 상대방은 언제든 괜찮다고 했는데, 지금 바로 연락할까?”

내가 고개를 끄덕이자 타쿠가 교섭상대인 플레이어에게 연락을 취했다.

그리고 뮤우와 세이 누나는 차와 과자를 다 먹은 다음 카운터석에서 일어섰다.

"아마 교섭이 바로 끝나진 않을 테니까 나하고 세이 언니는 사냥이라도 하고 올게."

"뮤우가 찾아냈다는 새해 업데이트로 추가된 MOB이 있는 곳에 가볼 거야."

뮤우와 세이 누나는 그렇게 말한 다음 사냥하러 나갔다.

"자, 나하고 타쿠는 [황제무지벌레]의 정보를 알아내기 위한 교섭을 해볼까?"

어떤 아이템을 만들어달라고 할지 약간 두근거리는 마음으로 나와 타쿠는 따뜻한 차를 다시 끓여서 그 사람이 오기를 기다렸다.

잠시 후 쿄코 씨에게 부탁해서 일시적으로 가게 문을 닫아달라고 한 [아트리엘]의 문을 열고 안으로 들어온 플레이어가 있었다.

그 플레이어는――.

●

"바로 연락해줘서 고마워야~. 감사한다니께~."

그렇게 말하며 나타난 사람은 햇빛에 그을린 피부와 바닷바람에 상한 것처럼 빛바랜 은빛 단발에 고글, 등에는 작살을 멘 채 겨울 OSO에서는 추울 것 같은 남국풍 셔츠 차림에 샌들을 신고 쾌활해 보이는 플레이어였다.

그 플레이어는 왠지 시원스럽고 가벼워 보이는 형 같은

분위기였다.
"나도 [황제무지벌레]의 정보가 필요하니까. 기브 앤 테이크지."
남자 둘이서 그렇게 말하며 시원스럽게 웃고 있으니 좀 무서웠다.
그리고 나는 그 플레이어를 알고 있었다.
"길드 [OSO 어업조합]의 길마, 시치후쿠……."
"이렇게 윤하고 직접 이야기를 하는 건 처음이제? 잘 부탁혀. 그리고 형씨, 길마라기보다는 선장이라고 불렀으면 좋겄는디."
"그, 그래……."
나는 껄렁거리는 시치후쿠에게 대충 대답을 하면서 당황했다.
타쿠와 이야기를 하다 몇 번 나온 사람이기도 하고, 레티아, 에미리 씨 일행과 함께 중소길드 합동 퀘스트를 받아 크리스마스 한정 던전 중 한 곳을 클리어했다는 이야기도 들은 바 있다.
취미 길드에서 시작하여 지금은 수중전투 전문가의 정점에 서 있는 유명한 플레이어라는 정보도 알고 있다.
그런데 내 마음 속에서는 겨울 크리스마스 이벤트 채취 퀘스트를 하러 갔던 호수에서 받은 충격이 커서 이렇게 이야기를 하는 것만으로도 좀 긴장이 되었다.
시치후쿠가 그 사실을 눈치챘는지…….

魚群
?

"잡았다아아아!"

그가 갑자기 큰 소리를 지르며 우리 앞에서 주먹을 들어 올렸기에 나는 어깨를 움찔거렸고, 경계하며 숨어 있던 뤼이와 자쿠로가 환술을 풀고 내 곁으로 다가왔다.

"갑자기 무슨 짓이야! 깜짝 놀랐잖아!"

"아니, 저번에 이렇게 했을 때 신나서 대답해줬으니까, 이번에도 해줄까 싶어서."

그렇게 말하며 기대에 찬 눈초리로 바라보았기에 나도 무심결에…….

"자, 잡았다……."

창피한 나머지 목소리가 떨렸고, 타쿠와 뤼이가 이 녀석은 대체 뭐하는 거냐고 바라보는 시선이 따가웠다. 자쿠로는 아무것도 이해하지 못했는지 멍하니 고개를 갸웃거리고 있어서 그 순진무구한 시선이 더욱 가슴에 아프게 꽂혔다.

"으윽! 그런 건 됐고, 교섭 내용! 왜 나를 지명한 건데!"

내가 창피한 것을 얼버무리기 위해 빠르게 말하자 다시 진지한 표정을 지은 시치후쿠와 타쿠가 카운터석에 앉았다.

그러자 뤼이와 자쿠로가 의자에 앉은 내 허벅지에 머리를 기댔기에 자연스럽게 그 두 마리의 머리를 쓰다듬으며 이야기를 듣게 되었다.

그리고 모두가 조용해지자 시치후쿠가 입을 열었다.

"긴장이 잘 풀린 모양인디~. 그라믄 이유를 설명할 거여."

그렇게 말하며 밝은 미소를 짓고 있던 시치후쿠를 보고

내가 껄끄럽다고 생각하며 귀를 기울이자 그가 손가락을 하나 펴면서 이유를 설명하기 시작했다.

하지만 나는 그 내용 때문에 얼굴을 감싸고 싶어졌다.

"하나는 내 개인적인 흥미. 취미 길드 때부터 알고 지내던 타쿠하고 최근에 중소길드의 합동 퀘스트 때 만난 레티아와 에밀리오에게도 윤 이야기를 이것저것 들었는디, 그것말고도 괜찮은 이야기만 들었으니께."

"그렇구나……."

나는 왠지 칭찬받는 것 같아서 쑥스러웠기에 목덜미를 문질렀다.

"듣자하니 사람들을 잘 돌봐주고, 성격도 착하고, 배려도 잘하고, 게다가 요리를 잘해서 신부로 삼고 싶은 플레이어 랭킹의 상위라던디."

"이봐, 잠깐만, 누가 그런 말을 한 거야!"

생산하고는 전혀 상관이 없잖아! 아니, [요리]도 생산이긴 한데! 속으로 그렇게 소리 질렀는데, 타쿠가 옆에서 웃음을 참고 있는 걸 보니 더욱 화가 났다.

"뭐, 농담은 제쳐두고……."

"농담이냐……."

왠지 일일이 반응하다가는 피곤할 것 같다, 내가 그렇게 생각하며 한숨을 쉬자 시치후쿠가 진지한 표정을 지으며 나를 보았다.

"처음에 말해두지만, 타쿠와 다른 사람들에게 평판이 좋다는 건 그 사람들이 신뢰하는 플레이어라는 뜻이니께 나도 신뢰할 수 있다는 말이제."

나는 역시 칭찬받는 것 같아서 좀 쑥스러웠기에 내 오른쪽 볼을 손가락으로 긁으며 눈을 돌렸다.

"두 번째는 내가 개인적으로 고맙다는 인사를 하고 싶어서인디."

"고맙다는 인사?"

"[냉기 대미지]가 업데이트된 이후로 방한 장비를 장착한 상태로는 장비 중량이 커져서 수중전은 불리했제. 근디 윤의 [핫드링크]나 [속성 연고] 덕분에 그 불리함이 사라진 거여. 그래서 고맙다는 거고."

시치후쿠가 그렇게 말하고 진지한 태도로 고개를 숙였기에 나는 당황했다.

"고개를 숙일 필요는 없어! 그리고 내가 만들지 않더라도 누군가가 만들었을 테니까!"

"만드는 것 자체는 그랬겠지만, 윤네 가게에서는 싸게 살 수가 있을 거 아니여? 나한테는 중요한 거니께. 그러니께 내 인사는 순순히 받아두라고. 어차피 공짜여."

예전에 이렇게까지 솔직하게 감사 인사를 한 사람이 없었기에 나는 왠지 껄끄러웠다.

그리고 시치후쿠가 말한 마지막 이유는──.

"내는, 아니, 우리 길드는 생산직 몇 명한테 어떤 아이템 제작 의뢰를 했는디 거절당했어야. 그러니께 실력있고 발이 넓은 생산직인 윤이 지혜를 빌려줬으면 한다고나 할까, 아는 사람을 소개했으면 하는 거여. 부탁이니께!"

시치후크는 그렇게 말하고 다시 고개를 숙였지만, 나는 그 아이템이 어떤 것인지 듣기 전까지는 받아들일 수 없었다.

"그래서, 그 아이템이 뭔데?"

"――어선. 그것도 보트처럼 작은 거 말고! 내 길드 멤버 모두가 탈 수 있을 정도로 큰 배가 필요한 거여."

그 말을 듣고 내가 눈을 감은 채 잠시 생각하는 동안 타쿠도 끼어들지는 않았다.

"나무로 만들어도 되는 거야? 구체적으로 어떤 배를 생각하는데?"

"나무로 만든 배라도 괜찮은디. 구체적으로는 갤리온 같은 걸 생각하고 있제."

그건 어선이 아니라 해적선 아닐까, 한순간 그런 생각이 들긴 했지만, 어떤 이미지인지는 알겠다.

그렇다면 역시 목공사인 리리에게 연락을 해야 할까.

"알았어. 짐작이 가는 생산직에게 물어볼게."

"잘됐네~! 거절할 줄 알고 심장이 벌렁벌렁 뛰었는디."

"아니, 갤리온 같은 걸 만드는 의뢰니까 거절당하는 게 당연하잖아. 만들 곳이나 소재를 모으는 것도 힘들 테고, 비용이 얼마나 들지도 모르니까."

나는 그렇게 말한 다음 일어서서 [아트리엘]의 안쪽에 있는 공방으로 들어가 리리에게 프렌드 통신을 연결했다.

새해 연휴 동안에는 로그인한 흔적이 없었지만, 지금은 타이밍 좋게 로그인해 있었는지 운좋게 프렌드 통신이 연결되었다.

『윤찌, 새해 복~. 윤찌가 먼저 연락하다니, 무슨 일이야?』

"나한테 배를 만들어달라는 의뢰 이야기가 들어왔는데, 이야기를 좀 들어볼래?"

『음~. 어떤 배인데?』

"일단 갤리온 규모……인 모양이야."

『윤찌, 그 사람을 이쪽으로 데리고 와! 놓치면 안 돼! 그리고 마기찌에게도 말해둘게! 그럼 나중에 내 가게로 와!』

"어? 잠깐만── 끊어졌네."

나는 리리가 일방적으로 결론을 내린 상황에 한숨을 쉬면서도 괜찮을 거라 판단하고 [아트리엘]의 가게 쪽으로 돌아왔다.

그곳에서 과자를 먹고 이야기를 나누며 기다리고 있던 타쿠와 시치후쿠가 고개를 들고 나를 보았다.

"어떻게 되었당가?"

"데리고 와달래. 일단 이야기는 들어줄 모양이야."

"앗싸! 고마워, 타쿠, 윤. 참말로 덕분에 살았당께."

어린애처럼 신이 난 시치후쿠를 보고 타쿠가 어이없다는 듯이 말을 걸었다.

"갤리온 같은 배를 어디다 쓰려고? 아니, 길드 멤버가 모두 탈 수 있는 크기라는 걸 보니 혹시 그걸 그대로 길드 하우스 대신 쓰려는 거야?"

"그건 비밀이여. 자, 그 생산직은 어디로 가면 만날 수 있는 거여?!"

"내가 안내해줄게."

나는 시치후쿠와 타쿠, 그렇게 셋이서 뤼이와 자쿠로를 데리고 [아트리엘]을 나와 리리의 가게로 향했다.

동쪽 큰길에 있는 [리리의 목공점]에는 여전히 손님이 많았고, 그 건물 앞에 선 시치후쿠는 입구의 간판을 올려다보며 입을 떡 벌리고 있었다.

"설마 소개해줄 목공사가 톱 생산직인 리리였던 거여?!"

시치후쿠는 계속 건물의 양쪽 그늘 같은 곳을 살펴보았지만, 결코 몰래카메라 같은 것은 아니었다.

"리리가 반드시 데리고 오라고 했거든."

"아니아니아니, 지금까지 여러 목공사한테 거절당했으니께 이런 의뢰는 상당한 괴짜만 받아들일 거라 생각했는디, 왜 갑자기 톱 생산직이여?!"

우리는 혼자서 혼란스러워하고 있던 시치후쿠를 데리고 가게 안으로 들어갔다.

그리고 평소 때처럼 점원 NPC에게 말을 걸자 바로 안쪽으로 안내받았고, 타쿠와 시치후쿠는 신기하다는 듯이 주위를 둘러보고 있었다.

"나는 [목공] 계열 장비가 없으니까 지금까지 온 적이 없었는데, 이 가게 안쪽은 이런 식이구나."

중간에 사격 레인 옆을 지나며 타쿠가 그렇게 말했고, 그대로 안쪽으로 안내받았다.

그리고 가게 가장 안쪽, 부지를 생각하면 이 앞에는 아무것도 없을 것 같은 곳에 있던 문 앞에 선 뒤, 나는 그 문을 열고 안으로 들어갔다.

"이곳은―― [개인 필드 소유권] 에리어야."

"대단하네. 평원이고, 멀리 숲도 있고, 저렇게 건물이 큰 디. 깜짝 놀랐어야."

우리가 리리의 개인 필드로 들어가자 멀리 있던 커다란 건물 쪽에서 성수화한 불사조 네시아스가 날아와 내 어깨에 앉았다.

"네시아스, 마중 나와줘서 고마워. 리리가 있는 곳으로 안내해줄래?"

내가 그렇게 부탁하자 네시아스가 날아오른 다음 천천히, 일직선으로 건물 쪽을 향해 날아갔다.

우리는 그 뒤를 따라간 다음 입구를 통해 안으로 들어갔다.

그곳은 공장처럼 넓게 트인 곳이었고, 천장에는 여러 개 걸쳐진 대들보에 도르래가 매달려 있었다.

"마치 배의 독 같은데."

그리고 구석에는 목공용 공구 등, 큰 목재를 가공하는 도구가 설치되어 있었고, 나는 그것들을 입을 벌린 채 멍하니 둘러보는 타쿠와 시치후쿠를 내버려 둔 채 다시 어깨로 내려온 네시아스에게 말을 걸었다.

"네시아스, 고마워. 이제 바깥에서 뤼이네랑 같이 놀다 와!"

내가 그렇게 말하자 네시아스는 뤼이와 자쿠로를 안내하는 듯이 평원쪽으로 날아갔다.

나는 그 모습을 바라본 뒤 큰 목소리로 외쳤다.

"리리! 배를 만들어달라는 플레이어를 데리고 왔어!"

"윤찌, 알았어! 지금 갈게!"

안쪽에서 작업을 하고 있었는지 허둥지둥 달려오는 리리의 모습을 보고도 시치후쿠는 여전히 멍한 상태였다.

"어서 와. 내 조선 독에 온 것을 환영해! 배가 필요하다면서! 갤리온 크기를 원한다고?"

"그려. 중소 규모 플레이어들이 탈 수 있는 거여."

"알았어!"

바로 시치후쿠에게 이야기를 들은 리리는 흥분한 기색으로 다시 안쪽으로 무언가를 가지러 들어갔고, 엇갈리는 듯이 마기 씨가 왔다.

"윤 군, 타쿠 군, 새해 복 많이 받아."

"마기 씨, 새해 복 많이 받으세요."

나는 고개를 살짝 숙이며 새해 인사를 한 다음 리리가 돌아올 때까지 마기 씨와 이야기를 나누기 시작했다.

"좀 전에 리리가 불러서 배를 만들기 위한 고문을 맡아달라고 하던데, 거기 있는 사람이 의뢰인이야?"

"처음 뵙는 것 같은디, 대장장이 마기 씨요? 내는 길드

[OSO 어업조합]의 시치후쿠라고 하는디. 이번에는 타쿠에게 윤을 소개 받고, 윤에게 목공사 리리를 중개해달라고 했당께.”

“그럼 타쿠 군의 아는 사람이야?”

“그래. [OSO 어업조합]은 중소규모 길드인데, 수중전투의 전문가야. 물속에 있는 소재를 모을 때 생각이 있으면 이 녀석들에게 부탁해도 돼.”

그렇게 말하면서 은근슬쩍 시치후쿠네 길드의 이용가치를 어필하는 타쿠를 보고 마기 씨가 미소를 지으며 고개를 끄덕였다.

“그래. 기회가 생기면 부탁해볼까?”

서로 자기소개를 마치고 리리가 두루마리다발을 몇 개 가지고 돌아와서 근처에 있던 작업대 위에 차례차례 펼쳤다.

그것들은 전부 시치후쿠가 원했던 갤리온의 설계도였고, 리리는 눈을 반짝이며 시치후쿠에게 그것들을 보여주었다.

“이건 돛대가 많아서 속도가 빠른 타입이야. 그리고 이쪽은 돛대가 적은 대신 적재량이 많지! 이쪽은 튼튼하고 심플한 구조고!”

리리는 그렇게 말하면서 갤리온 설계도를 차례차례 시치후쿠에게 보여주었고, 시치후쿠는 그것을 한 장씩 확인해나갔다.

그동안 나와 타쿠, 마기 씨는 근처에 있던 테이블과 의자를 세팅하고 즉석에서 차를 마실 준비를 하기 시작했다.

시치후쿠는 설계도 몇 장 중에서 서서히 후보를 좁혀나가다가 마지막으로 하나를 골랐다.

"이게 우리가 원한 거하고 비슷한디. 적재량도 많고, 갑판이 넓어서 전투를 벌이기도 편하니께. 돛대의 숫자가 적어서 배의 속도가 빠르지는 않겠지만, 적은 인원으로도 조작할 수 있다는 것이 장점이여."

그렇게 고른 한 장을 남겨두고 다른 설계도를 치운 리리가 우리 쪽으로 돌아왔다.

"그럼 윤찌, 마기찌, 상담 좀 해줄래? 이 설계도의 배를 개량할 방법!"

이번에는 시치후쿠뿐만이 아니라 모두가 볼 수 있게끔 펼쳐놓은 설계도를 들여다보았다.

●

리리가 펼친 설계도에 적혀 있는 것은 사용할 목재 형태와 자잘한 부품에 대한 정보만 있을 뿐, 사용할 소재나 내부에 배치할 설비 등의 정보가 아직 기입되지 않은 상태였다.

"배는 목공 계열 소재를 주로 쓰긴 하지만, 자잘한 부분에 사용할 부품도 필요하니까. 그걸 이야기하자는 거야."

나는 설계도를 훑어보고 돛대와 배의 곳곳에 칠 밧줄 사다리, 삭구라 불리는 밧줄처럼 배에 반드시 필요한 도구를 갖출 필요가 있겠다고 생각했다.

"저기, 리리. 여기 대포는 못 실어?"

마기 씨가 신이 난 기색을 보이며 물어보았지만, 리리는 쓴웃음을 지으며 부정했다.

"힘들 것 같은데. 대포를 실으면 중량이 커지니까 갑판에 적 MOB이 올라탔을 때 전복되어버릴 가능성이 있거든."

그렇게 말하고 적재량의 한계와 소재, 부품의 내구도 수치 같은 것을 보여주었지만, 나는 전혀 알아볼 수가 없었다.

그런데 이 배의 경우에는 플레이어 타는 목적 말고도 어선으로 운용하는 것까지 고려하고 있기에 중형 정도의 적 MOB이 올라타더라도 전복되지 않을 정도로 여유 있게 계산해야 한다는 건 이해가 되었다.

"대포 같은 걸 싣지 않아도 원거리 공격이라면 마법사가 있잖아."

"만약 실을 생각이 있다면 이 기회를 살려서 개발하려고 했는데. 로망 아냐? 배에 대포를 싣고 포격전을 벌이는 거."

그렇게 말하는 마기 씨를 보고 내가 쓴웃음을 지었고, 리리는 볼을 부풀리며 따졌다.

"안 돼! 그런 짓을 하면 배가 부서져버리잖아!"

"이대로 가다가는 우리가 탈 배가 어선이 아니라 해적선이 될 것 같은디, 괜찮은 거여? 좀 걱정되네."

시치후쿠가 그렇게 중얼거렸지만, 대포 토론에 열중해 있던 리리와 마기는 듣지 못했다.

우리는 그 뒤로도 꼼꼼하게 설계도를 보면서 구조물과 부품마다 사용할 소재를 확인해나갔다.

"전체적인 목재는 뭘 쓸 거야?"

"일단 용골이나 돛대는 바꾸기 힘드니까 단단한 계열 목재를 사용할 예정이야. 다른 곳은 질이 좀 좋은 목재를 쓸 예정이고."

"그럼 못은? 배못이라고 하던가? 그건 어떻게 할 거야?"

"음~. NPC에게 살 수도 있지만, 그렇게 하면 목재들끼리 결합시키는 힘이 약해지거든."

"저기, 리리, 실물 배못을 좀 보여줄래?"

마기 씨도 이야기에 끼어들어서 리리가 건네준 실물 배못을 들고 크기와 무게를 확인했다.

"강도를 생각하면 역시 철이나 흑철보다 뛰어난 소재가 필요하겠지. 흑철 같은 건?"

"마기 씨, 그럼 너무 무거워지지 않나요? 수천 개를 쓴다고 생각하면 적재량에 영향이 갈 텐데요."

"그렇구나. 다른 금속은 강도가 불안하고, 강철이나 흑철을 쓸 수가 없으니 블루라이트 광석은? 수속성 금속이니까 상성은 좋겠……지만, 비싸겠구나."

타쿠와 시치후쿠는 배를 건조하는데 비싼 마법금속 이야기가 나오자 벌벌 떨었지만, 나는 한술 더 떴다.

"하긴, 배라면 수속성 공격을 당할 가능성도 크니까 미스릴하고 섞어서 합금으로 만드는 건 어떨까? 물하고 마법내성이 둘 다 있고 강도도 높잖아. 마기 씨는 만들 수 있죠?"

"그거 괜찮겠네! 그리고 블루라이트만 쓰는 것보다는 가벼운 미스릴을 섞어서 합금으로 만들면 강철 배못하고 비슷할 정도로 가볍게 만들 수 있을 거야."

"그리고 돛대에 묶을 밧줄 같은 것도 평범한 밧줄을 쓰면 끊어질 가능성이 있으니까 금속실을 짠 밧줄 같은 게 괜찮을 것 같아."

"그럼 잘 끊어지지 않고 교환하기 편한 쇠로 만든 금속실이 낫지 않을까? 돛대에 달 돛 같은 것도 클로드에게 부탁하면 가장 잘 맞는 걸 마련해줄 테고. 우리가 생각할 수 있는 건 그 정도일 것 같은데."

나와 마기 씨가 둘이서만 신나게 떠들고 있던 와중에 우리에게 조심조심 입을 열어 말하는 시치후쿠.

"일단 길드의 예산에서는 배 건조비로 1000만 G까지는 낼 수 있는디……."

"그 예산으로는 방금 이야기했던 부품을 쓰기에 부족할 것 같은데…… 미스릴 합금으로 만든 검 한 자루가 수백만 G인데, 중량이 그것보다 몇 배는 더 나갈 미스릴 합금이 필요하니까 배못만으로도 예산이 다 없어져버리겠네."

시치후쿠는 마기 씨가 한 말을 듣고 깜짝 놀라 눈을 크게 떴는데, 리리가 무심코 추격타를 가했다.

"그리고 혼자서는 갤리온을 만들기 힘들 테니까 도와줄 수 있는 합성 MOB을 준비할 필요가 있거든. 그러면 최소한 2000만 G는 들겠어."

"윽…… 배못과 도우미 MOB을 준비하는 것만 해도 3000만 G?! 그건 아니제!"

너무 큰 금액을 듣고 신음하는 시치후쿠.

하지만 그 3000만 G라는 것도 대충 낸 견적이고 세세하게 정하다 보면 더 올라갈 가능성도 크다.

마지막으로 내가 숨통을 끊었다.

"미리 말해두는 거지만…… 미스릴 합금 같은 걸 만들 수 있는 플레이어는 지금 시점에서 대장장이 계열 생산직 중에서도 극히 일부니까. 보통 그렇게 솜씨가 뛰어난 생산직이 무기가 아니라 배못 수천 개만 만드는 의뢰를 받을 일은 없을 테니…… 이런 수준으로 배를 만드는 건 안 되겠네."

그 말을 듣고 시치후쿠는 낙담했다. 타쿠는 안타깝다는 듯이 그의 옆얼굴을 바라보고 있었지만, 방금 전에 말했던 조건으로는 만들 수 없다는 이야기였고── 다른 조건이라면.

"자, 의뢰 말인데── 재미있을 것 같으니까 이 배의 건조 의뢰를 받아들일게!"

"참말로?!"

"뭐, 소재만이라도 직접 모으면 꽤 싸게 먹힐 거야. 그리고 건조할 때 [OSO 어업조합] 플레이어 중에서 [목공] 센스를 취득해서 도와줄 사람이 있으면 그만큼 더 싸게 먹히겠고."

"그런데 미스릴 합금 배못을 만들어줄 플레이어가 없잖아?"

타쿠가 그렇게 지적했지만, 리리는 미소를 지으며 나와

마기 씨를 보고 이렇게 대답했다.

“배를 본격적으로 건조하기 시작하게 되는 건 한참 나중일 것 같거든. 그동안 윤찌의 [조금] 센스 레벨이 올라서 미스릴 합금 배못을 만들 수 있게 될 거야. 그리고 마기찌는 이렇게 재미있는 걸 놓칠 리가 없고.”

리리가 그렇게 말하자 나와 마기 씨는 미소를 지으며 고개를 끄덕였다.

“그래. OSO에서 갤리온을 만들다니, 그렇게 재미있을 것 같은 일에 참가하지 않으면 손해니까.”

“[세공] 계열 아이템 제작 의뢰는 잘 들어오지 않으니까, 조금씩이라면 도와줄 수 있을 거야.”

갤리온의 돛대에 달 돛 소재에 대해서 클로드에게 이야기하지 않으면 삐지겠지, 나는 그렇게 생각하고 살짝 웃었다.

“저기저기! 모처럼 만드는 거니까 역시 대포 같은 것도 만드는 게 어때? 추가로 달 수 있는 옵션 파츠 같은 의미로.”

“그럴 거라면 바리스타를 만드는 게 낫지! 거대 수중 생물과 싸울 무기라면 대포보다 훨씬 가볍게 만들 수 있잖아!”

“음~. 더 간단한 건 없을까? 화염병 같은 건 어때? 물 위니까 잘 타지도 않을 거고, 개인이 소지할 수 있는 공격수단이잖아.”

“이봐, 일단 어선으로 만드는 건디. 아니, 생산직들은 항상 이렇게 살벌한 이야기만 하는 거여? 무서운디.”

기초부분이 대충 정해지자 우리는 그밖에 자신의 생산분

야를 살려 손댈 수 있는 부분이 없는지 이야기를 나누고 있었는데, 그 말을 듣고 의뢰주인 시치후쿠가 불안한 듯한 표정을 지었다.

타쿠는 그 옆에서 팔짱을 낀 채 웃음을 참으면서 상황을 지켜보고 있었는데——.

“마기 씨가 금속 쪽으로 끼고 싶은 거면 닻 같은 걸 만드는 건 어때? 리리는 뱃머리 조각, 윤은 낚시용 루어라도 만들면 되잖아.”

그렇게 중재하고 나섰고, 우리는 그 제안을 바로 받아들였다.

“미안해. 좀 흥분했어. 바로 배를 건조하기 시작할 수는 없지만, 반드시 멋진 배를 만들게!”

리리가 우리를 대표해서 그렇게 말한 다음 시치후쿠와 악수를 나누었다.

내게도 뜻밖의 생산의뢰였지만 지금까지 해본 적이 없는 시도였기에 벌써부터 설레었다.

“윤, 타쿠. 오늘 멋진 생산직을 소개해줘서 고마워야. 희망하고 목표가 보이니께.”

“아니, 나도 즐거운 시간을 보냈어.”

“그럼 시치후쿠. 약속한 [황제무지벌레]의 정보를 가르쳐줘.”

타쿠가 그렇게 말하자 나는 센스 확장 퀘스트의 세 번째 시련을 공략하기 위해 시치후쿠와 정보를 교환하려 했던 것을 떠올렸다. 배를 만드는 이야기를 나누는 것이 너무 즐거웠기에 깜빡 잊고 있었던 모양이다.

타쿠가 재촉하자, 쓴웃음을 지은 시치후쿠는 바로 진지한 표정을 지으며 가르쳐주었다.

"알았다니께. 보스 MOB인 [황제무지벌레]는—— 다이어스 삼림에 있는 호수 안에 숨어 있제."

"……다이어스 삼림?"

"뭐여, 윤, 기억 못하는 거여? 내가 크리스마스 이벤트 때 월척을 잡은 호수가 있는 곳, 그곳이 다이어스 삼림이라는 에리어인디."

"나하고 윤찌가 졸개 MOB에게 두들겨 맞은 곳이구나!"

그 말을 듣고 떠오른 것은 덩굴 형태의 MOB에게 거꾸로 매달리거나 리리와 함께 너덜너덜해진 상태로 도망치거나 호수 안에 자라난 퀘스트 아이템을 채취한 기억이었는데, 에리어 이름은 신경 쓰지 않고 있었다.

대충 '제2 마을 근처에 있는 숲'이라 생각하고 있었다.

내가 리리를 보니 쓴웃음을 짓고 있었기에 그 에리어의 이름을 알고 있었던 모양이었다.

"타쿠, 정 그라믄 내가 도와줄까? 두 사람은 모르는 사이도 아니니께, 윤도 [수영] 센스 가지고 있제? 그라믄 친목을 다지는 의미에서 같이 사냥을 가는 게 어떤감?"

"그건 됐어. 모처럼 센스 확장 퀘스트를 하는 거니까 우리들끼리만 할 거야."

“진짜로 필요 없당가? 우리 쪽에는 수중전이나 물가에서 벌이는 전투의 전문가가 많당께? 우리가 레벨을 올리는 방법이나 경험이 분명 필요할 것인디.”

시치후쿠가 마구 들이대자, 타쿠가 약간 싫은 표정을 짓고 있었다.

나는 마기 씨와 리리가 지금 진행하고 있는 센스 확장 퀘스트에 대해 자세히 설명해달라고 해서 따로 이야기하고 있었다.

“그리고 윤의 여동생인 뮤우하고 길드 [팔백만]의 서브마스터인 세이 씨도 같이 하거든.”

“그거 아쉽네! 두 실력파 플레이어하고 친해질 수 있는 기회일 것 같은디, 뭐 그건 다음 기회로 미뤄둘까. 우리 길드가 나중에 선상 훈련을 기획하고 있으니께, 그때는 타쿠랑 같이 파티를 짜고 싶은디.”

시치후쿠는 그렇게 말하고 나서 자리에서 일어났다. 배를 만들기 위한 이야기가 어느 정도 정리되었기에 리리가 복사해준 배의 설계도를 받아 돌아갈 생각인 모양이었다.

두 사람을 만나게 해주는 역할을 마친 나와 타쿠도 돌아가기로 했기에 셋이서 가게 앞으로 돌아왔다.

그곳에서 시치후쿠가 손을 들어올린 뒤 큰 소리로 작별인사를 하고 길을 걸어가기 시작하다가 문득 멈춰 서서 돌아섰고——.

“[황제무지벌레]를 잡는 걸 기대하고 있을라니께!”

그렇게 말한 다음 씨익 웃고 나서 돌아갔다.

인파 속으로 사라져 가는 시치후쿠를 보고 있자니, 타쿠가 미간을 조금 찌푸리고 있었다.

"왜 그래? 타쿠."

"윤이야말로 왜 그래? 평소 때였다면 뮤우나 세이 씨에게 접근하려는 남자를 보고 경계했을 텐데."

"음~. 뭐라고 해야 하나, 시치후쿠는 지저분한 느낌이 안 들거든. 껄렁껄렁한 형씨라는 느낌이긴 하지만, 여자를 꼬실 타입은 아니잖아."

"정답. 잘 관찰했네."

나는 그렇게 칭찬하면서도 신기하게도 굳은 표정을 짓고 있던 타쿠를 옆에서 들여다보며 물었다.

"무슨 걱정거리라도 있어?"

"아니. 왠지 시치후쿠가 마지막으로 했던 말에 뭔가 있지 않을까 하는 느낌이 들어서."

"뭔가 있다고? 그냥 응원한 게 아니라?"

타쿠는 말로 표현할 수 없는 직감 같은 걸 느낀 모양인데, 금방 표정이 부드러워졌다.

"그래도 딱히 나쁜 느낌은 아니거든. 그러니까 이제 이 이야기는 끝이야!"

"정말……. 그래, 우선 세 번째 시련을 클리어해서 센스 확장 퀘스트를 진행하자."

나는 타쿠가 너무 예민하게 생각하는 것 같다고 느낀 한편, 재빠르게 마음을 다잡는 모습을 보고 쓴웃음을 지었다.
이제야 세 번째 시련을 공략할 전망이 섰다. 뮤우, 세이 누나와 함께 도전하기 위해 지금부터 각오를 해두자.

5장 [황제무지벌레]와 속성무효

토벌 대상인 [황제무지벌레]가 어디 있는지 알아내긴 했지만, 바로 쓰러뜨리러 갈 수는 없었기에 나와 타쿠는 일단 [아트리엘]로 돌아가 뮤우와 세이 누나가 돌아올 때까지 기다렸다.

그리고 사냥하러 갔다가 돌아온 두 사람에게 시치후쿠가 알려준 정보를 이야기하자 바로 뮤우가 반응을 보였다.

"저기, 윤 오빠, 타쿠 씨. 그래서 [황제무지벌레]의 약점이나 행동 패턴은?"

"앗……, 이런."

나는 뮤우가 지적한 것을 듣고 나서야 MOB의 출현 장소에 대한 정보에만 정신이 팔려 있었다는 것을 깨달았고, 타쿠는 지친 듯이 한숨을 내쉬었다.

"시치후쿠 녀석, 장소만 순순히 가르쳐주고 약점이나 행동 패턴에 대해서는 일부러 가르쳐주지 않았겠지. 고생 좀 하라고 생각하면서 마음속으로 웃을 것 같아."

내가 보기에 시치후쿠는 껄렁껄렁한 느낌이긴 하지만 시원스러운 형이라는 느낌이라 그렇게 나쁜 이미지는 아니었지만, 그런 내 표정을 읽었는지 타쿠가 덧붙여 말했다.

"시치후쿠는 남자에게는 엄하게 대하고 여자에게는 자상하게, 예의 바르게 대하거든. 그래서 윤이 있으니 MOB이 있는 곳을 가르쳐주었지만, 내가 있었기 때문에 그 이상은 가르쳐주지 않은 거야.”

“흐음~. 그렇구나…… 아니, 나를 여자 취급한 거야?!”

나는 타쿠가 한 말을 듣고 시치후쿠가 그런 태도를 보인 이유를 알게 되었기에 깜짝 놀랐는데, 뮤우와 타쿠가 이제 와서 무슨 소리를 하는 거냐는 것처럼 바라보았기에 더 충격을 받았다.

그런 내 모습을 보고 쓴웃음을 지은 세이 누나는 다른 이야기를 꺼냈다.

“그건 그렇고, 다이어스 삼림이라.”

“세이 누나, 마음에 걸리는 거라도 있어?”

“호수가 있고 어둑어둑한 밀림인데, 나무 밀도가 높아서 시야가 좁거든. 습지대처럼 지면이 진흙 형태라 걸어 다니기도 힘들고, 그곳에 쌓인 낙엽 때문에 미끄럽기도 한데다 숨어 있거나 풍경에 의태해 있다가 습격하는 MOB도 있어.”

리리와 소재를 채취하러 갔을 때는 동료를 불러 모으는 플러프 클라우드나 플레이어의 발에 엉켜서 공중에 매다는 톤 플랜트가 골치 아팠던 것 같긴 하다.

“그래서 어떻게 할 거야? 지금 갈까?”

뮤우가 고개를 갸웃거리며 물었기에 나와 타쿠는 메뉴를 띄우고 시간을 확인했다.

현재 시각은 오후 4시다.

“음~. 어두워지기까지 아직 시간이 좀 남긴 했지만, 어중

간한데.”

“지금 보스를 쓰러뜨리러 다이어스 삼림에 가도 괜찮은 시간일까?”

“그래. 뮤우가 빛마법을 사용할 수 있지만, 어두운 곳에서 싸우고 싶지는 않아. 그리고 나는 윤하고 타쿠 군이 정보교환을 위한 교섭을 하고 있던 동안 모험을 했으니까 내일로 미뤄도 괜찮겠지.”

“어~? 세이 언니가 하숙집으로 돌아가기 전까지 시간이 얼마 안 남았는데, 그리고 나는 그 정도 적으로 만족할 수 없어. 더 싸우자!”

“나도 시치후쿠하고 교섭하면서 정신적으로 발끈했으니까. 적이라도 쓰러뜨려서 개운해지고 싶긴 해.”

나와 세이 누나는 내일로 미뤄도 된다는 의견, 뮤우와 타쿠는 지금 당장 가고 싶다는 기세였다.

“어쩔 수 없지. 그럼 지금 [황제무지벌레]를 쓰러뜨리러 갈까.”

“그래. 어떤 적 MOB인지 보기만 하더라도 가볼 가치는 있으니까.”

“앗싸! 언니들, 정말 좋아!”

나와 세이 누나가 바로 물러서자 뮤우는 보스에게 도전할 수 있다고 기뻐하며 나와 세이 누나를 끌어안았다.

정말 뮤우에게는 무르구나, 나는 그렇게 생각하며 마음속으로 쓴웃음을 지었다.

"그럼 바로 갈까!"

뮤우는 남은 차를 단숨에 마시고 [아트리엘]의 공방 쪽에 설치해둔 미니 포탈 앞으로 이동했다.

"아무리 가족이라 해도 생산직의 공방에는 함부로 들어가지 않았으면 하는데."

나는 한숨을 쉬면서 쿄코 씨에게 뒷정리를 부탁한 다음 다른 사람들과 미니 포탈을 이용해 전이했다.

다이어스 삼림 근처에는 포탈이 없기에 최단 거리로 갈 경우에는 제2 마을에서 근처 숲을 뚫고 갈 필요가 있다.

"직통 포탈이 없으니 불편하네."

"뭐, 없는 건 어쩔 수 없지. 그리고 거리를 따지면 그렇게 멀지는 않으니까."

내가 불평하자 타쿠는 어깨를 으쓱이며 대답했다.

실제로 제2 마을에서 다이어스 삼림에 있는 호수까지는 그렇게 거리가 멀지 않다. 하지만 그 도중에 별로 짭짤하지도 않은 선공 졸개 MOB들이 습격할 뿐이다.

실제로 숲의 MOB들이 나타난 것과 동시에 우리에게 쓰러지고 있었다.

나는 갑자기 왠지 옷깃에서 냉기가 스며드는 것 같아서 목덜미를 쓰다듬은 다음 자쿠로가 없다는 것을 떠올렸다.

항상 옆에서 걸어 다니는 뤼이도 지금은 없다.

뤼이와 자쿠로는 이번 센스 확장 퀘스트 때 쿄코 씨와 함께 [아트리엘]을 봐달라고 부탁했다.

나중에 벌충해야겠네, 그렇게 생각하면서 혼자 조용히 웃자 뮤우와 타쿠가 내 얼굴을 빤히 바라보았다.

"뭐, 뭐야. 내 얼굴은 왜."

"으, 윤 언니, 역시 뤼이하고 자쿠로를 데리고 오지……."

뮤우는 뤼이가 없어서 불만인 모양이었지만, 전력으로 삼을 수 있는 뤼이라면 모를까 새끼 동물인 자쿠로를 보스가 있는 곳으로 데리고 가면 너무 불쌍하다.

타쿠는 내 MP를 신경 쓰고 있는 모양이었다.

"윤. 계속 두 마리를 소환해두는데, MP는 괜찮아?"

마법은 일반적으로 발동시킬 때마다 MP를 소비하게 되지만, 사역 MOB을 소환할 경우에는 소환한 사역 MOB의 힘에 따라 MP가 줄어들고, 일시적으로 그 분량을 사용할 수 없게 된다.

타쿠는 그로 인해 전투에 참가시키지도 않으면서 계속 뤼이와 자쿠로를 소환해두느라 중요할 때 원래 사용할 수 있는 MP의 6할 정도밖에 써먹을 수 없는 나를 걱정한 것이다.

"음~. 평소에 MP를 그렇게 많이 쓰지는 않으니까 괜찮아."

뭐, 라이트닝 호스와 전투를 벌였을 때처럼 내 MP가 필요할 때는 뤼이와 자쿠로를 《송환》시키기도 한다.

"그리고 뤼이와 자쿠로는 같이 불러주지 않으면 불쌍하잖아."

"아니, 더 현실적인 장점이 있잖아. 소환함으로써 [조교] 센스의 경험치를 얻는다든가, 새끼 동물을 빠르게 성장시킨다든가."

"……아, 그렇구나!"

내가 손을 탁 치자 타쿠가 어이없다는 듯이 바라보았다.

하긴, 그런 이유로 소환할 수도 있겠구나, 그렇게 생각했을 때, 다이어스 삼림 입구가 보였다.

에리어 경계를 막고 있는 보스 MOB인 킬러 맨티스는 한 번 쓰러뜨려서 비선공 MOB이 되어 있었기에 우리는 그 옆을 그대로 지나 나무들이 울창하게 자라나 있는 밀림으로 들어갔다.

"슬슬 조심하자. 다이어스 삼림에 들어왔어."

나는 저번에 왔을 때 이름도 모르는 에리어였던 숲을 앞장서서 나아가다가 바로 멈춰 섰다.

"윤?"

세이 누나가 의아하다는 듯이 고개를 갸웃거리며 물었는데, 내 시야 안에는 [간파]의 센스를 통해 어둑어둑한 숲 안에서 몸을 숨기고 있는 덩굴형 MOB인 톤 플랜트가 확실하게 보였다.

"오, 톤 플랜트. 은폐능력이 뛰어나니까 선수를 칠 수 있을 거라 생각하고 있겠지만, 우리 언니는 잘 찾아내거든."

"이봐, 뮤우. 지금은 아는 사람들만 있으니까, 언니라고 부르지는 말아줄래?"

"톤 플랜트는 간단히 끊어지지만ㅊ 금방 재생되어서 귀찮으니까 약점을 정확하게 공격해서 일찌감치 해치울 필요가 있어.”

“무시냐…….”

내가 약간 먼 곳을 바라보고 있던 동안에 뮤우가 톤 플랜트의 뿌리 부분을 손가락 끝으로 조준했다.

“――《솔 레이》!”

그곳에서 날아간 수렴광선이 지면에 꽂혔고, 톤 플랜트는 날뛰지도 못한 채 덩굴 전체가 힘없이 늘어지기 시작했다.

“뮤우……, 어떻게 한 거야?”

“톤 플랜트의 약점은 지면 안에 있는 둥근 뿌리니까 그곳을 정확하게 공격하면 간단히 쓰러뜨릴 수 있어. 어때? 놀랐지?”

저번에는 톤 플랜트의 HP가 전부 다 줄어들 때까지 계속 덩굴을 공격했었는데, 그런 약점이 있다니 대처할 방법이 몇 가지 떠올랐다.

예를 들면 흙마법 중 지면에 충격을 가하는《어스 퀘이크》 같은 게 효과적일 것 같다.

그밖에도 호수로 가던 도중에 뮤우에게 이 에리어에 있는 적 MOB의 약점을 들으며 나아갔다.

“――보이네!”

숲이 끊어진 부분이 보이자 뮤우가 그쪽으로 달려갔고, 나와 타쿠는 걸어가기 힘든 숲속을 천천히 나아가는 세이 누나와 함께 걸어갔다.

울창한 숲을 빠져나온 우리는 탁 트인 공간에 펼쳐져 있는 호수 주변을 둘러보았다.

호수 북쪽에서 여러 줄기의 개울물이 흘러들어오고 그 물이 남쪽으로 흘러나가고 있었는데, 호수의 북쪽과 남쪽은 자라난 식물이 꽤 다른 느낌이었다.

우리가 지금까지 걸어온 제2 마을 쪽 다이어스 삼림은 색이 진한 나무들이 울창하게 자라나 있어서 어둑어둑한 숲이라는 느낌이었지만, 호수 반대쪽은 나무들의 밀도가 낮아서 밝은 숲이라는 느낌이었다.

"자! 쓰러뜨리자! [황제무지벌레]! 이 호수에 숨어 있다는 건 알고 있으니까!"

"윤. 호수로 들어가서 [황제무지벌레]를 유인해내는 역할은 맡길게."

"윤, 조심해."

"그래, 다녀올게."

아마 내게 [수영] 센스가 있기 때문에 이 시련이 걸린 건지도 모르겠다, 그렇게 생각하며 물속으로 들어가기 위한 준비를 갖추기 시작했다.

얼어붙을 것 같은 겨울 호수에 들어가기 위해 내한효과를 부여하는 핫드링크를 마시고 인벤토리에서 보석을 다시 끼운 [대신하는 보옥의 반지]를 꺼내 장비한 다음 센스를 확인했다.

소지 SP 13

[장궁 Lv34] [마궁 Lv15] [하늘의 눈 Lv18] [간파 Lv31]

[준족 Lv22] [마도 Lv23] [대지속성 재능 Lv2] [부가술 Lv45]

[수영 Lv15] [요리인 Lv15]

대기

[활 Lv52] [조약사 Lv13] [연금 Lv46] [합성 Lv46] [조금 Lv28]

[조교 Lv33] [생산직의 소양 Lv10] [언어학 Lv25] [등산 Lv21]

[신체내성 Lv5] [정신내성 Lv4] [선제의 소양 Lv11]

[급소의 소양 Lv10] [물리공격 상승 Lv13]

일단 물과 육지 양쪽에 대처할 수 있는 센스를 구성한 다음 호수 안으로 들어갔다.

의외로 따뜻하게 느껴지는 호수의 맑은 물속으로 좀 들어가니 금방 어두워졌다.

거의 앞이 보이지 않는 물속에서도 [하늘의 눈]의 암시 성능 덕분에 나는 겁을 먹지 않고 들어갈 수 있었다.

그리고——.

(응? 호수 바닥에 동굴이?)

깊은 호수 바닥 근처의 벽에 가로로 뚫린 동굴이 있었고, 그 입구는 내가 두 팔을 벌려도 닿지 않을 정도로 컸다.

지금까지 물속에서는 적 MOB을 보지 못했기에 뭔가 나올지 모른다고 생각하며 조심조심 그 동굴을 들여다보자 그곳에는 완전히 빛이 없는 어둠이 펼쳐져 있었다.

아무리 암시 성능을 지니고 있는 센스라 해도 어느 정도 빛이 있어야 볼 수 있는 모양이다.

(이럴 줄 알았다면 수중용 조명이라도 개발해 올 걸 그랬나? 아니, 반딧불로 펜라이트를 만들 걸 그랬나?)

나는 그런 생각을 하면서 더 탐색하려면 준비가 필요하다고 판단하여 입구에서 멀어지려고 했다. 그때, 동굴 안에 푸르스름한 빛이 두 개 생겨났다.

희미하긴 하지만 그 빛 덕분에 어둠 속에서도 그것이 생물의 눈이라는 것과 그 생물 전체의 윤곽을 확실하게 알 수 있었다.

(크, 큰데?! 저게 보스 MOB인 [황제무지벌레]인가?!)

작은 산처럼 커다란 그 생물은 호수 바닥의 동굴 안으로 들어오는 것을 막으려는 듯이 조용히 자리 잡고 있었다.

(너무 커서 전체적인 모습을 알아볼 수가 없어.)

더 자세히 관찰하기 위해 다시 천천히 입구로 다가가자 그 생물의 입이 있는 것 같은 곳에서 작은 거품이 부글부글 뿜어져 나오고 있었다.

다시 관찰하려고 동굴로 들어서자 거품이 더욱 거세게 뿜어져 나왔고, 그 위에 있던 희미하고 푸르스름한 두 개의 빛이 갑자기 진한 붉은색으로 변했다.

붉은색은 경계색이다. 그 의미를 눈치챈 나는——.

(바로 벗어나야—— 윽?!)

나는 수중에서 보스전을 벌이는 것을 피하기 위해 동굴에서 빠져나온 다음 물을 박차며 최대한 빠르게 수면으로 향했다.

내가 접근해서 적이 된 [황제무지벌레]가 나를 쫓아서 동굴에서 나오려 하고 있었다.

전체적인 모습을 대충이라도 확인하려고 바닥 쪽을 내려다보니 [황제무지벌레]가 동굴에서 머리만 내민 상태로 이쪽을 보았고, 거품을 뿜어내고 있는 입 같은 곳에는 가는 가지 같은 것이 삐걱대며 움직이다가 다음 순간에 거품이 멎었다.

(왜—— 커헉?!)

무언가가 몸을 뚫고 지나간 충격을 느꼈고, 그 일격으로 인해 [대신하는 보옥의 반지]에 금이 갔다.

방금 느낀 충격은 분명히 공격이었지만, 내 [간파] 센스로도 볼 수가 없었다.

다시 허둥대며 수면을 향해 나아가자 나를 노린 보이지 않는 공격이 차례차례 근처에 있던 바위를 부수기 시작했다.

(얼른 올라가야 해…….)

쉴 새 없이 물을 박차며 정신없이 수면을 향해 나아갔다.

내가 수면 위로 고개를 내밀고 숨을 내쉬자 나를 쫓아와 떠오른 것 같은 [황제무지벌레]가 드디어 물속에서 그 모습을 드러냈다.

"푸핫?! 어푸, 쓸려간——."

[황제무지벌레]의 거대한 몸이 물을 밀어냈고, 그 거대한 등에서 흘러내린 물이 호수에 커다란 파도를 만들어 내면서 나를 호숫가로 단숨에 밀어냈다.

"윤, 괜찮아?"

"콜록, 콜록…… 괜찮지, 않아."

호숫가로 떠밀려 왔을 때 두 번 정도 몸이 지면에 세게 부딪혔기 때문에 지형 대미지를 입는 바람에 지니고 있던 [대신하는 보옥의 반지]가 반응하여 다시 끼웠던 보석이 세 번 분량의 대미지 무효를 전부 써버리게 되었다.

나는 이마에 찰싹 달라붙은 앞머리를 쓸어 올리고 흠뻑 적은 옷을 질질 끌며 일어섰다.

방금 일어난 큰 파도로 인해 물에 젖은 호숫가를 둘러보니 세이 누나는 얼음 발판을 만든 다음 그 위에 올라타서 파도를 피했고, 타쿠와 뮤우는 나무 위에서 물이 빠지기를 기다리고 있었다.

"너희들…… 혼자서만 도망치고."

"아하하하…… 뭐, 괜찮잖아. 그건 그렇고 윤 언니! 뒤쪽!"

뮤우가 한 말을 듣자 정신이 번쩍 들어서 돌아선 뒤 [황제무지벌레]를 보았다.

윤기가 있는 하얀 갑각이 겹쳐진 등. 거대한 몸을 지탱하는 두껍고 단단한 다리. 먹이를 붙잡는 마른 나뭇가지 같은

혀가 여러 개 달려 있는 창살 모양의 입, 그 양쪽에서 꿈틀대는 더듬이 두 개. 그리고 투명도가 높은 붉은색으로 빛나는 눈동자가 벌레의 겹눈처럼 무기질적인 느낌이 드는 그 모습은 거대한 공벌레였다.

"바람 계곡의 그거 같네!"

"그거하고 비슷하게 생기긴 했지만, 내가 보기에는 수족관에 있는 대왕무지벌레처럼 생긴 것 같은데."

"비슷하다니, 그냥 그거잖아. 대왕을 황제로 바꿨을 뿐이고."

보스인 [황제무지벌레]을 보고 흥분한 뮤우와 침착하게 올려다보고 있는 세이 누나.

타쿠도 냉정하게 공통점에 대해 말했다.

[황제무지벌레]가 떠오른 것으로 인해 일어난 파도가 서서히 잦아들었고, 타쿠와 뮤우가 나무 위에서 뛰어내리자 [황제무지벌레]는 두꺼운 다리로 수면을 헤엄쳐서 호숫가에 거대한 머리를 얹는 듯이 상륙한 다음 우리와 마주 보고 섰다.

적의 뒤쪽이 수면이기 때문에 사각에서 빈틈을 찌르거나 기습할 수가 없고, 정면에서는 두껍고 단단한 게 다리 같은 앞다리를 휘두르며 견제했다.

"자, 마음의 준비는 다 됐어! ――전투 개시다!"

타쿠가 뛰어나가자, 뮤우도 그 뒤를 따라 [황제무지벌레]와 맞섰다.

그 뒷모습을 보며 나와 세이 누나도 각자 무기를 겨누

었다.

●

"그럼 뮤우, 선제공격을 해볼까!"

"응! 세이 언니!"

"우선은 상황을 지켜봐야 하니――《아쿠아 배럿》."

"――《솔 레이》!"

세이 누나는 열 개가 넘는 수탄을 만들어내 [황제무지벌레]에게 날리자 그 뒤를 이어 뮤우가 수렴광선을 날리며 단단한 갑각에 검을 내리쳤다.

터진 물과 그것에 난반사된 빛이 [황제무지벌레]의 모습을 한순간 가렸다. [하늘의 눈]이 지나치게 예민한 탓인지, 나는 눈이 부셔서 가늘게 뜬 채 뮤우와 세이 누나의 공격이 멈추는 것을 기다렸다.

나는 마법 이펙트가 사라지고 그 너머에 있는 [황제무지벌레]의 모습을 확인한 다음 나도 모르게 이렇게 말했다.

"――말도 안 돼. 마법이 통하지 않는다고?"

나는 [황제무지벌레]의 HP가 거의 줄어들지 않았다는 사실을 확인하고 저런 상대에게 이길 수 있을 리가 없다며 한 발짝 물러섰지만, 뮤우의 참격에 맞춰 칼 두 자루를 휘두르고 있던 타쿠가 소리쳤다.

"잘 봐! 통하지 않은 건 세이 씨의 마법뿐이야! 뮤우의 마법은 통했어!"

"무슨 소리야?"

나는 돌아서서 세이 누나를 보았다.

세이 누나는 진지한 표정으로 유우와 타쿠, 그리고 [황제무지벌레]의 HP의 움직임을 관찰하고 있었다.

"간다. ──《아이스 랜스》, 《아쿠아 배릿》!"

이번에는 얼음창과 수탄 마법을 하나씩 만들어낸 세이 누나.

세이 누나의 실력이라면 더 많은 마법을 만들어낼 수 있을 텐데 왜 저렇게 공격하는 걸까.

유우와 타쿠가 HP를 약간 깎아낸 [황제무지벌레]에게 얼음창이 꽂혔고 한순간 갑각 표면에 얇은 막 같은 것이 보였지만, 그 뒤를 이어 날아간 수탄은 닿기 전에 흡수된 것처럼 사라졌다.

그리고 흡수된 수탄이 그대로 [황제무지벌레]의 HP에 가산되었다.

"──[빙속성 무효]와 [수속성 흡수]려나."

세이 누나가 그렇게 말한 순간, 지금까지 그저 앞다리만 휘두르고 있던 [황제무지벌레]가 입가를 삐걱대며 울리기 시작했다. 그와 동시에 나와 세이 누나를 향하고 있던 다리 끄트머리에서 압축된 물의 칼날이 날아들며 우리를 덮쳤다.

"──《워터 라운드》."

세이 누나는 침착하게 물방패를 여러 개 만들어내서 [황제무지벌레]가 날린 물의 칼날의 궤도 위에 그것들을 겹쳤다.

위력의 차이로 인해 물의 칼날이 물방패를 차례차례 찢어발기다가 다섯 번째 방패에서 겨우 멈췄다.

"이 시련의 보스는 내 천적인 것 같은데…… 다행이네. 방어 계열 마법은 무효화되거나 흡수하지 못하는 것 같아. ……얘들아! 나는 보조를 맡을게!"

"라져! 그럼 회복하고 방어 쪽을 주로 부탁할게! 뮤우는 오른쪽! 나는 왼쪽에서 공격한다!"

"라져!"

전위인 뮤우와 타쿠가 서로 연계하며 앞다리를 휘두르는 공격을 피하고 정면에서 공격을 가했다.

나는 뮤우와 타쿠에게 인챈트를 걸었고, 내 옆에서는 세이 누나가 지팡이를 크게 휘둘렀다.

"《존 인챈트》── 어택, 스피드!"

"──《아이스 에이지》!"

세이 누나의 발치에서 하얀 안개가 뿜어져 나와 파도처럼 퍼졌고 호수에 도달한 것과 동시에 호수를 얼리기 시작했다.

그랜드 록의 체내 던전에서 사용했던 마법으로 인해 넓은 범위가 두꺼운 얼음으로 덮였고, [황제무지벌레] 본체를 얼릴 수는 없었지만 앞다리를 제외한 모든 다리를 얼음 아래에 가두고 움직임을 방해했다.

그리고 얼어붙은 호수로부터 [황제무지벌레]의 등에 가까운 곳까지 얼음 언덕길이 생겨났다.

그것은 예전에 여름 캠프 이벤트의 보스 [환수포식자]와 전투를 벌일 때 만든 것과 비슷했지만, 그때는 한 줄기였던 얼음 언덕길이 지금은 여러 줄기 생겨나 있었다. 그중 [황제무지벌레]를 양쪽에서 둘러싼 위치에 있는 얼음 언덕길을 타쿠와 뮤우가 단숨에 달려 올라갔다.

"간다! ──《크로스 이그제큐션》!"

"나도──《나인 소드 슬래시》!"

언덕길 꼭대기에서 [황제무지벌레] 측면을 향해 동시에 공격을 가한 뮤우와 타쿠.

날카롭게 교차시킨 장검 두 자루로 참격을 날린 타쿠와 아홉 번 연속으로 검을 때려 넣는 뮤우.

측면에서 날아든 공격에 반격하기 위해 [황제무지벌레]가 물속에 있던 다리를 뻗었고, 길게 꿈틀대던 더듬이로 뮤우와 타쿠를 가격하려 했다.

"정말, 위험하네──《마궁기 · 환영의 화살》!"

나는 붉은 꼬리를 끌며 다섯 개로 갈라지는 마법의 화살을 한 발 날려서 그 공격의 궤도를 틀었고, 그중 진짜배기 한 발이 [황제무지벌레]의 정면에 맞았다.

하지만 우리 세 사람의 공격은 전부 다 [황제무지벌레]의 두꺼운 갑각에 튕겨져 나갔기에 불꽃이 튈 뿐, 큰 대미지를 입히지는 못했다.

"크윽, 손이 저려! 역시 단단하구나! 다음에는 타격 계열 공격을 가해볼까?"

"윤! 저 녀석의 방어력을 낮춰줘!"

아츠를 날리고 그 반동을 이용해 다시 얼음 언덕길로 올라선 유우와 타쿠.

나는 타쿠의 지시에 따라 방어력 저하 커스드를 선택했다.

"《커스드》── 디펜스!"

[황제무지벌레]를 대상으로 삼아 날린 커스드는 상대방의 높은 스테이터스로 인한 저항으로 인해 걸리지 않았다.

"──《워터 라운드》, 《서몬 아쿠아 서펜트》!"

내가 다음 공격 수단을 생각하고 있던 동안에도 세이 누나가 [황제무지벌레]가 날리는 고압 수류 공격으로부터 유우와 타쿠를 지키는 벽으로 물방패와 물뱀 MOB을 만들어 내 두 사람을 확실하게 보조해주고 있었다.

소환할 수 있는 숫자에 제한이 있는 아쿠아 서펜트도 최대한 소환하고 그것들이 쓰러질 때마다 보충하는 세이 누나의 뛰어난 마법 능력에 감탄했다.

이번에는 그런 세이 누나의 마법을 적과 상성이 안 좋다는 이유 때문에 공격할 때 쓸 수 없다는 것이 안타깝다고 할 수밖에 없었다.

나는 산발적으로 화살을 날리며 유우와 타쿠의 인챈트가 끊어지지 않게끔 걸면서 나름대로 분석했다.

"보스의 HP가 줄어들고 있긴 하지만…… 이대로 계속 싸워봤자 결국 질지도 모르겠어."

여러 가지 방법을 동원하여 독화살 같은 여러 종류의 상태이상 화살을 날리고 [황제무지벌레]에게 여러 번 커스드를 걸어보았지만 전혀 걸릴 기색이 없었다.

"어쩔 수 없지, 나는 약점을 찾는데 전념하자. ──《식재료의 소양》!"

나는 [요리] 센스의 보조 스킬인《식재료의 소양》을 발동시키고 [황제무지벌레]의 약점을 찾기 시작했는데, 뮤우와 타쿠가 먼저 효과적인 공격수단을 찾아냈다.

"하앗! ──《파워 웨이브》! 좋았어, 이 공격은 대미지가 잘 들어가네! 타쿠 씨!"

"타격 계열 공격이 효과적이라면 이 아츠로 밀어붙인다! ──《파워 버스터》!"

찢어발기는 참격에서 두들기는 타격으로 공격방법을 바꾸어 대미지를 입혀나가는 뮤우와 타쿠.

처음으로 제대로 된 대미지를 입히고 손맛을 느낀 모양이었고, [황제무지벌레]의 거대한 몸이 그 공격에 반응을 보였다.

삐걱삐걱, 창살 모양 입으로 금속을 때린 듯한 소리를 낸 [황제무지벌레]가 그 소리를 빠르게 내자 몸을 지키고 있던 갑각이 젖혀졌고, 그 안쪽에 부드러워 보이고 분홍색인 본체가 보였다.

"저건──?!"

그 분홍색 부분에《식재료의 소양》의 푸른 표시가 떴지

만, 그 직후에 날아든 폭음으로 인해 나는 귀를 막고 몸을 웅크렸다.

보아하니 [황제무지벌레]가 입으로 삐걱대는 소리를 몸 안에서 증폭시켜서 열린 갑각 틈새로 방출한 모양이었다.

그 음향폭탄은 치명상을 입힐 정도로 설정되어 있지는 않았는지 우리의 HP를 깎아내는 정도에 그쳤지만, 그 공격의 목적은 플레이어의 행동을 방해하는 것이었다.

나뿐만이 아니라 얼음 언덕길 위에 있던 뮤우와 타쿠, 그리고 후위에서 보조를 맡고 있던 세이 누나까지 멈춰 선 상태였다.

세이 누나가 발동시키고 있던 물방패와 물뱀은 전부 다 터져서 물로 돌아왔고, 얼린 호수와 그곳으로부터 솟구친 얼음 언덕길에도 금이 갔다.

"——윽?! 뮤우, 발치!"

당장에라도 무너져 내릴 것 같은 얼음 언덕길 중간에 서 있던 뮤우는 내가 소리친 순간에 그곳에서 물러났다.

하지만 호수의 두꺼운 얼음이 갈라졌기 때문에 지금까지 물속에서 나오지 못하고 있던 [황제무지벌레]의 다리 여러 개가 얼음을 뚫고 뮤우에게 달려들었다.

[행동제한해제] 센스를 이용해 입체적으로 움직일 수 있는 뮤우도 공중에서 방향을 급하게 전환하기는 힘들다. 이대로 가다가는 강렬한 쳐올리기 공격을 맞게 될 것이다.

"언니, 폭파!"

"읏?! ──《봄》!"

나는 뮤우가 한 말을 한순간에 이해하고 빠르게 《봄》 마법을 발동시켰다.

[하늘의 눈]의 표적 능력을 이용하여 뮤우의 등에서 약간 떨어진 곳에 좌표 폭파를 일으켰다.

폭풍의 여파를 등으로 받아내어 공중에서 추진력을 얻고 그것을 이용해 낙하 궤도를 바꾼 뮤우는 솟구치는 [황제무지벌레]의 다리 공격을 아슬아슬하게 피할 수 있었다.

내가 예전에 했었던 《봄》 폭발의 여파를 이용한 대점프를 응용한 긴급회피법이다.

이번에 뮤우는 그것을 공중에서 방향을 급하게 바꾸기 위해 쓴 것이었고, [황제무지벌레]가 날린 쳐올리기 공격을 아슬아슬하게 피한 다음 고양이처럼 부드럽게 호수에 가까운 위치에 있던 얼음 언덕길에 착지했다.

"나이스! 윤 언니!"

"정말, 갑자기 말해서 깜짝 놀랐잖아!"

"그래도 윤 언니라면 금방 눈치챌 줄 알았어!"

나는 그렇게 말하며 미소를 짓는 뮤우를 보고 한숨을 쉬었다.

항상 호흡이 척척 맞을 수는 없다. 솔직히 다음부터는 피했으면 좋겠다.

그 직후, [황제무지벌레]가 쇳소리 같은 비명을 지르며 다리를 휘둘러 얼어붙은 수면을 두들기며 얼음 언덕길을 부수기 시작했다.

"좋았어, 방금 가한 공격으로 HP를 꽤 깎아냈구나."

[황제무지벌레]를 사이에 두고 뮤우 반대쪽 얼음 언덕길에 있던 타쿠는 좀 전에 음향폭탄이 터진 뒤에 재빨리 [황제무지벌레]의 등에 올라탄 뒤 열린 갑각 틈새로 부드러워 보이는 분홍색 부분을 장검 두 자루로 마구 베고 있었다.

타쿠에게 공격당해 날뛰던 [황제무지벌레]에게 밟혀서 얼음 언덕길이 부서졌지만, 음향폭탄의 영향에서 벗어난 세이 누나가 곧바로 얼음길을 다시 만들어 타쿠가 물러날 곳을 확보했다.

한편, 뮤우를 보조해주다가 타쿠가 말했던 '방금 가한 공격'에 참가하지 못했던 나는 무심코 한숨을 쉬었다.

"이제 남은 HP는 7할 정도인데, 좀 전에 맞았던 음향폭탄 공격을 다시 한 번 유도할까?"

타쿠와 뮤우는 일단 우리가 있는 곳까지 후퇴해서 그렇게 말했다.

세이 누나는 금이 갈라져서 약해진 얼음을 다시 펼치면서 작전을 생각하고 있는 모양이었다.

[황제무지벌레]는 일반적인 보스처럼 전투가 한 번 시작된 뒤로는 쓰러질 때까지 계속 싸우는 타입과는 달리 적극적으로 공격하지 않았기에 이렇게 쉬면서 태세를 다시 갖출 수가 있었다.

하지만 전투가 여유로워진 것은 아니었고, [황제무지벌

레]의 갑각은 단단하고 많은 내성을 지니고 있었기에 꽤 버겁다.

나는 거의 도움이 되지 못했다.

유일한 역할인 인챈트를 뮤우와 타쿠에게 다시 걸고 있자니 두 사람이 무슨 말을 하려다가 바로 [황제무지벌레]쪽으로 갔다.

"좋았어, 다시 한 번 공격해서 조금이나마 HP를 깎아볼까!"

"윤 언니, 세이 언니, 다시 보조 부탁할게!"

전투가 중단되어 보스가 다시 호수 바닥으로 돌아가지 않게끔 뮤우와 타쿠가 다시 공격하기 시작했다.

두 사람은 아츠를 사용하기 위해 MP를 포션으로 회복시키면서 [황제무지벌레]에게 타격 계열 아츠를 날리며 밀어붙이기 시작했다.

세이 누나도 다시 물방패와 물뱀을 만들어 내며 방어 쪽 보조에 전념하고 있지만, 나는 그저 화살을 날리는 것밖에 할 수 있는 게 없었다.

그런 와중에 세이 누나가 내게 말을 걸었다.

"윤, 앞으로 나가렴."

"어? 세이 누나?"

"윤은 원래 보스와 전투를 벌이는 걸 껄끄러워하고 센스 구성도 후위 쪽에 적합하긴 하지만, 이대로 가다가는 전혀 도움이 되지 않는다는 건 알고 있겠지?"

나는 자상하지만 딱 부러지는 말투로 그렇게 말한 세이

누나를 보고 화살을 메기던 손을 내려버렸다.

"이번 적은 [수속성 흡수]와 [빙속성 무효]능력을 지니고 있어. 그래서 나는 평소처럼 싸울 수가 없지. 하지만 그럼에도 불구하고 내가 이곳에 있을 수 있는 건 윤과 다른 사람들 덕분이야."

"어?"

"내가 싸우지 못하는 적은 윤과 다른 사람들이 열심히 싸워줘야지. 그리고 나는 그걸 보조할 거야. 평소 때와는 입장이 반대구나."

나는 그렇게 말하며 미소를 지은 세이 누나를 보고 깨달았다.

평소에는 나 혼자 맡는 보조 역할을 세이 누나가 같이 맡게 되자 파티 전체의 방어력이 올라가긴 했지만, 섬멸력이 확실하게 떨어진 상태다.

그런 상황에서 내가 보스전이 껄끄럽다며 평소 때처럼 후위에 있다가는 쓸데없이 위험한 상황을 만들게 되고, 쓸데없이 시간이 오래 걸리게 된다.

그리고 지금, 나 자신이 느끼고 있는 것도 이렇게 싸워서는 안 된다는 답답한 마음이다.

"……알았어. 다녀올게."

좀 전에 뮤우와 타쿠가 내게 하고 싶었던 말도 그런 말이었을 거라는 생각을 하면서 숨을 크게 들이마시고 각오를 다지자 세이 누나가 표정이 좋아졌다고 말했다.

나는 다시 [황제무지벌레]와 마주 보고 선 다음 활을 들고 있던 팔을 늘어뜨린 채 그대로 몸을 앞으로 숙이며 뛰어가기 시작했다.

접근하는 나를 표적으로 삼은 [황제무지벌레]가 정면으로 고압 수류를 날렸지만, 그 타이밍에 맞춰 인챈트를 걸었다.

"《인챈트》── 스피드!"

빨라진 속도에 맞춰 [황제무지벌레]의 공격을 피한 다음 세이 누나가 새로 만든 얼음 언덕길을 뛰어 올라갔다.

"윤, 왔구나!"

"뒤쪽에서 이 단단한 갑각에 튕겨져 나가기만 하는 화살을 날리는 것보다는 이쪽에서 싸우는 게 더 나을 것 같아서!"

나는 뛰어올라온 얼음 언덕길에서 [황제무지벌레]의 옆으로 이어지는 다른 얼음 언덕길로 넘어갔다.

"이 정도로 접근하지 않으면 조준할 수가 없으니까. 《엘레멘트 인챈트》── 웨폰!"

나는 화속성 속성석을 부숴서 내 무기에 화속성 인챈트를 걸었다.

그리고 나는 활 계열 아츠 중에서 특이한 효과를 지닌 것을 선택했다.

"간다! ──《궁기 · 갑옷뚫기》!"

나는 정면에서 각도 때문에 노릴 수 없는 갑각 틈새를 향해 얼음 언덕길에 무릎을 꿇은 뒤 지근거리에서 아츠를 날렸다.

이 《궁기 · 갑옷뚫기》는 꽤 가까운 거리에서만 쓸 수 있는 아츠다. 그 효과는 방어력 무시 관통공격과 물리방어 저하.

쓸 수 있는 상황이 꽤 제한적인 아츠이기에 지금까지 쓴 적이 없었지만, 저렇게 방어력이 높은 적에게는 효과가 매우 크다.

좀 더 일찍 그 사실을 눈치채고 앞으로 나설 각오를 했으면 좋았을 텐데.

《궁기 · 갑옷뚫기》로 인해 물리방어 저하 상태가 된 [황제무지벌레]는 나를 표적으로 삼고 물 바깥으로 나와 있던 앞다리를 크게 휘둘렀다. 나는 그것을 피하고 타이밍을 살피면서 계속 같은 아츠를 날렸다.

"하앗! ——《파워 웨이브》!"

"——《파워 버스터》!"

"——《궁기 · 갑옷뚫기》!"

우리 세 사람은 얼음 언덕길을 타고 적의 공격을 피하면서 타이밍을 맞춰 아츠를 날림으로써 단시간 안에 연속공격을 가한 체인 보너스로 점점 대미지를 입혀나갔다.

이 작전이 잘 먹혀들자 측면에서 공격하는 우리에게 [황제무지벌레]가 더욱 거세게 반격했고, 그 여파로 인해 얼음 언덕길 곳곳이 부서지기 시작했다.

그러자 세이 누나가 물방패와 물뱀으로 우리를 지키면서 곧바로 수리했다.

"이제 3할 남았어! HP하고 MP를 관리하는 걸 잊지 말고!"
"그런 실수는 안 해!"
뮤우와 타쿠가 [황제무지벌레]의 커다란 등 너머로 그런 말을 주고받던 와중에 [황제무지벌레]가 한순간 움직임을 멈추더니 다시 입을 삐걱대며 울리기 시작했다.
그 예비동작을 빠르게 눈치챈 세이 누나가 급하게 소리쳤다.
"얘들아! 음향폭탄이 올 거야!"
"그렇게 간단히 쓰러지지는 않는구나. 윤!"
"나도 알아!"
정말, 뮤우도 그렇고 타쿠도 명확하게 지시를 내리지도 않으면서 나한테 너무 많은 것을 기대하는 것 같다.
나는 싸우면서 계속 생각하고 있었던 위기를 기회로 바꿀 수 있는 작전을 실행하기 위해 가장 높은 위치로 이어진 얼음 언덕길을 뛰어올라 갔다.
"서둘러!"
뮤우와 타쿠는 내가 성공할 거라고 확신하며 이미 다음 공격을 준비하고 있었다.
그러자 세이 누나가 내가 도착한 가장 높은 위치에 있는 얼음 언덕길을 더욱 늘려주었기에 나는 그곳을 뛰어올라 간 뒤 보스를 내려다볼 수 있는 위치에 서서 천천히 열리기 시작한 단단한 갑각을 내려다보았다.
나는 인벤토리에서 매직 젬을 한가득 꺼낸 다음 열린 갑각 틈새를 향해 단숨에 뿌렸다.

숫자가 워낙 많아서 한 번에 전부 다 뿌릴 수는 없었기에 인벤토리에서 여러 번 꺼내게 되었다. 그것들은 공중에서 서로 부딪히면서 일부가 갑각 위를 미끄러져 호수 안에 떨어지기도 했지만, 대부분 갑각 내부에 파고들었다.

"윤!"

"——[봄]."

[황제무지벌레]가 몸속에서 증폭시킨 소리를 토해내려고 한 순간, 갑각의 내부에서 폭발이 일어났고, 호수로 떨어진 매직 젬도 동시에 기동되어 물기둥이 높게 솟구쳤다.

주위에 물거품이 흩날리는 가운데 매직 젬이 일으킨 다중 폭격을 맞은 [황제무지벌레]는 폭발로 인해 몸속을 유린당했고, 입과 갑각 틈새에서 노란 연기를 뿜어내며 거대한 몸에 경련을 일으키고 있었다.

"마무리다, 타이밍을 맞춰! ——《스왈로우 라인》!"

"라져! 《매직 소드》—— 솔 레이!"

"마지막이니 화려하게 끝내려면, 《엘레멘트 인챈트》——웨폰!"

타쿠의 장검 두 자루에 지속성, 뮤우의 검에 광속성 인챈트를 걸자 그 무기들이 눈부시게 빛났다.

타쿠는 [황제무지벌레]의 등으로 뛰어내린 뒤 장검 두 자루를 휘두르며 《스왈로우 라인》이라는 아츠를 날렸다. 날아가는 제비처럼 아름다운 빛을 남기면서 벌어진 갑각과 그곳에서 뿜어져 나오는 연기를 가르자 몇 초 뒤에 참격 이펙트가 화려하게 흩날리며 [황제무지벌레]의 HP가 크게 깎여나갔다.

"하앗! 야앗!"

뮤우는 광속성 인챈트와 마법이 걸린 한 손 검으로 가하는 평타 참격으로 단단한 갑각과 함께 연기를 뿜어내는 [황제무지벌레]의 몸을 간단히 베어냈다.

"이게 마지막이야. ――[릴리스]!"

뮤우가 [황제무지벌레]에게 한 손 검을 깊게 찔러넣고 눈부신 빛이 깃든 무기의 힘을 해방시키자 칼 끝에서 날아간 수렴광선이 내부를 꿰뚫고 반대쪽으로 빠져나갔다.

그 결정타로 인해 보스 MOB인 [황제무지벌레]는 모든 활동을 정지하고 조용해졌다.

그리고 메뉴 알림 창에 세 번째 퀘스트가 완료되었다는 메시지가 떴다.

●

"좋았어, 퀘스트 클리어!"

"타쿠! 얼른 거기서 물러나! 떨어진다!"

[황제무지벌레]의 등 위에서 승리에 취해 있던 와중이라 이런 말을 하긴 좀 그렇지만, 나는 그 모습을 걱정하며 바라보고 있었다.

"그건 나도 아는데…… 발이 끼었어."

"뭐어어어어?!"

나는 그 말이 무슨 뜻인지 이해하지 못했기에 고개를 갸웃거리면서 타쿠의 발치를 보았다.

타쿠는 젖혀진 갑각 근처에 서 있었는데, [황제무지벌레]가 쓰러지자 열려 있던 갑각이 닫혔고 그곳에 타쿠의 부츠가 끼어버린 모양이었다.

그런데 쓰러뜨린 적 MOB은 보통 빛의 입자가 되어 사라지는 법이다. 그건 지금 타쿠가 등에 올라타 있는 [황제무지벌레]도 마찬가지였고——.

"타쿠!"

공중에 내던져진 것처럼 호수로 떨어지는 타쿠를 보고 나는 쫓아가기 위해 얼음 언덕길에서 호수로 뛰어들었다.

꽤 높은 곳에서 뛰어들었지만 [수영] 센스 보정 덕분인지 착수할 때는 충격이 별로 느껴지지 않았다.

그런 것보다 먼저 호수에 떨어진 타쿠가 물기둥을 크게 일으키는 것이 보였기에 초조해졌다.

타쿠는 [수영] 센스를 가지고 있지 않기 때문이다.

그에 맞는 센스를 장비하고 있지 않으면 아무리 레벨이 높은 플레이어라 해도 그 환경에 적응할 수 없다.

나는 가라앉아 가는 타쿠를 발견하고 단숨에 잠수했다.

장비 중량 때문인지 타쿠가 가라앉는 속도가 더 빨랐기에 나는 물을 계속 세게 박차며 겨우 타쿠를 따라잡을 수 있었다.

그런데 겨울 호수의 냉기 대미지와 질식 대미지가 합쳐져서 타쿠의 HP가 서서히 줄어들고 있었다.

([황제무지벌레]하고 전투를 벌여서 거의 다치지 않고 이겼는데, 이런 곳에서 어이없이 죽어서 돌아가지 말라고!)

마음속으로 타쿠를 혼내며 뒤쪽에서 끌어안는 듯이 타쿠의 몸에 팔을 두른 다음 서둘러 떠올랐다.

내가 구하러 왔다는 것을 눈치채긴 한 모양이지만, 타쿠에게는 수중에 적응할 수 있는 센스가 없었기에 몸을 움직이지 못하고 얌전히 있었다. 구하는 쪽에서 보기에는 매우 편하긴 하다.

그리고 호숫가에 도착해서――.

"푸하――."

"콜록콜록…… 아, 죽는 줄 알았네."

"정말, 걱정시키고 말이야."

수면 위로 올라온 타쿠는 고개를 하늘로 향한 자세로 내 도움을 받았다.

수중에서 입던 질식 대미지가 사라지자 HP가 줄어드는 속도가 느려지긴 했지만, 그래도 빨리 육지로 끌어올릴 필요가 있다.

"적응할 수 있는 센스가 없으니 안 되겠네. 몸에 힘이 안 들어가. 진짜, 시키후쿠가 한 말이 예언 같다는 생각이 드는데."

시치후쿠가 말했던 레벨을 올리는 방법으로 경험을 쌓으면 타쿠도 혼자 호수에서 돌아올 수 있었을 것이다.

“그럼 [수영] 센스를 취득해서 시치후쿠에게 배우지 그래? 선상 훈련도 기획하고 있다고 했잖아.”

“음~. 왠지 시키후쿠에게 놀아나는 것 같아서 썩 내키진 않네.”

나는 그런 말을 주고받으며 하늘을 보고 떠 있는 타쿠를 끌고 헤엄쳐서 호숫가로 돌아왔다.

그곳에서는 뮤우와 얼음 언덕길을 소멸시킨 세이 누나가 기다리고 있다가 타쿠를 끌어올리는 것을 도와주었다.

“어서 와, 윤, 타쿠 군.”

“다녀왔어, 세이 누나.”

“폐를 끼쳤네요…… 으으, 춥다!”

흠뻑 젖은 채 찬 바람을 맞자 몸을 부들부들 떠는 타쿠.

나는 [황제무지벌레]와 전투를 벌이기 전에 마셨던 핫드링크의 효과가 아직 남아 있었기 때문에 추위는 별로 신경 쓰이지 않았지만, 추위로 인해 얼어붙은 타쿠를 위해 인벤토리에서 핫드링크가 들어 있는 물병을 꺼낸 다음 컵에 따라주고 숨을 돌리게 했다.

그리고 젖은 옷이 다 마를 때까지 기다린 다음 이야기를 꺼냈다.

“이제 세 번째 시련은 끝이지.”

메뉴의 알림란에 있는 로그를 확인해보니 보스 MOB인 [

황제무지벌레]의 토벌, 보스 드롭 아이템인 [무지벌레의 빛구슬]의 입수, 그리고 퀘스트 아이템인 [무지벌레의 마디다리]라는 아이템을 손에 넣었다는 것을 알 수 있었다.

"그건 그렇고 참 큰 보스였지."

"그래. 대형 MOB으로 분류되기는 하지만 일반적인 여섯 명 파티에 맞게 조정되어 있었지."

보통은 그 덩치를 쓰러뜨리면 끝일 것이다.

하지만 나는 호수 바닥에서 [황제무지벌레]가 들어가 있었던 동굴을 보았다.

"다들 잠깐 와줄래?"

내가 호수 바닥을 확인하고 싶다는 말을 꺼내기도 전에 타쿠가 재빨리 회복해서 우리에게 호수 근처로 오라며 손짓했다.

우리가 호수로 다가가자――.

"으아, 저게 뭐야?!"

눈앞에 있는 호수가 부자연스럽게 소용돌이치기 시작했다.

그러자 타쿠가 망설임없이 그 소용돌이에 뛰어들었다.

"야, 타쿠, 뭐하는―― 어?!"

놀랍게도 타쿠는 소용돌이에 휘말리지 않고 그 위에 서 있었다.

"아니~, 게임이라면 이렇게 될 것 같아서."

"정말. 타쿠는 겁도 없구나. 그런데 이 소용돌이는 대체 어떤 원리로 발판이 되는 거야? 아니, 너무 판타지잖아."

"됐어, 됐어. 그런데 좀 전까지 없었던 것이 생긴 걸 보니 보스를 잡는 게 조건인 모양이네!"

"게임에 자주 나오는 요소를 생각하면 이걸 타고 다음 에리어에 갈 수 있는 걸까?"

고원 에리어의 라이트닝 호스가 북쪽 마을로 이어지는 길을 막고 있었던 것처럼 이곳에 있던 [황제무지벌레]도 어떤 에리어로 이어지는 길을 막고 있었던 건지도 모르겠다.

그런데 이 다이어스 삼림은 밀림이고 동쪽으로 더 나아가면 다른 보스 MOB이 지키고 있는 에리어로 갈 수 있다는 사실은 이미 알고 있다. 그렇다면 이 소용돌이는 이 주위가 아닌 다른 미지의 에리어로 통할 것이라는 추측을 해볼 수 있다.

우리는 각자 마음속에 그 미지의 에리어에 대한 기대를 품었다.

"나도 탈래!"

"그래. 타보지 않으면 모르는 거니까."

호수에 떨어지지 않게끔 타쿠의 손을 잡고 소용돌이 위로 건너간 뮤우. 세이 누나도 마찬가지로 손을 잡고 소용돌이 위에 탔다.

"자, 윤도 타."

"그, 그래. 알았어."

나는 호수에 떨어져도 혼자서 빠져나올 수 있으니 도와줄 필요는 없지만, 내민 손을 무시하는 건 좀 그럴 거라고 생각하고 타쿠의 손을 잡은 뒤 소용돌이 위로 건너갔다.

"그럼 가볼까."

타쿠는 이 소용돌이의 행선지가 어딘지 신경 쓰이는지 내 손을 놓는 것도 잊어버리고 주위를 둘러보고 있었다.

우리 모두가 올라타자 발치에 있던 소용돌이가 가라앉기 시작했기에 우리는 한순간 당황했지만 시간이 지나자 발치에 있던 물이 구 형태로 팽팽해졌고, 비눗방울 안에 들어가 있는 것 같은 상태로 천천히 물속을 이동하기 시작했다.

"우와! 대단해! 언니! 수중 터널이나 수족관에 온 것 같아. 박력은 비교도 안 되고!"

흥분한 뮤우는 배리어처럼 물의 침입을 막고 있는 비눗방울 벽에 손을 대고 물속 경치를 둘러보고 있었다.

깊은 곳까지 가라앉은 다음에는 [황제무지벌레]가 있었던 동굴 안으로 들어갔다.

"여기는 내가 좀 전에 혼자서 잠수했을 때 발견한 동굴이야. 안을 들여다보니 그 [황제무지벌레]가 있었고, 안으로 들어가니까 적대시하면서 나를 쫓아왔어."

"그랬구나. 뭐, 적을 유인해낸 건 대성공이었다는 거지."

"……타쿠, 너는 참 마음이 편해서 좋겠다."

나는 어이가 없어서 한숨을 쉬었고, 뮤우와 세이 누나는 쿡쿡대며 웃었다.

처음에는 깜깜했지만, 동굴 내부를 헤엄쳐 다니던 빛나는 물고기들이 동굴 안을 밝게 비추기 시작했다.

"오오?! 저거 보스 유충인가? 작아!"

"아니, 충분히 크잖아."

동굴 벽에 있던 농구공 정도 크기의 [황제무지벌레]의 유충 같은 생물을 발견하거나 심해어처럼 생긴 물고기, 여러 가지 수초를 바라보던 동안 비눗방울 같은 구체가 나아갔다.

중간에 빛나는 물고기 무리 안을 뚫고 일루미네이션처럼 빛나는 해파리가 바로 옆을 지나가는 것을 구경하는 등, 심해처럼 신기한 광경을 즐기고 있자니 이 호수바닥의 동굴에 사는 생물들이 뿜어내는 것과는 다르게 붉은색 빛이 전방 위쪽에 보이기 시작했다.

다가가자 그 빛이 커졌고, 잠시 후 동굴의 출구라는 것을 알 수 있었다.

"저기가 동굴 끝이야――?!"

그곳으로 향해 천천히 떠오른 비눗방울 같은 구체는 수면 위로 완전히 떠오른 다음 꼭대기에 구멍이 뚫렸고 처음 봤을 때처럼 소용돌이 같은 발판으로 변했다.

그 소용돌이 발판을 타면 다시 다이어스 삼림에 있는 호수로 돌아갈 수 있겠지만, 우리는 우선 동굴 바깥을 향해 걸어가기 시작했다.

동굴 바깥에서 스며드는 강렬하고 붉은빛으로 인해 눈이 부셨기에 나는 무심코 손을 들어 빛을 가렸다.

서서히 빛에 익숙해진 눈으로 본 광경은 붉게 물든 넓은 바다와 모래사장이었다.

느긋한 파도소리가 울리는 동굴에서 발치에 깔린 모래 감촉을 확인하며 몇 발자국 내딛자 그 바깥쪽은 그야말로 커다란 저녁놀에 새빨갛게 물들어 있는 곳이었다.

파도가 모래를 씻어내는 소리가 우리 마음을 침착하게 만들어 주었다.

"우와! 바다야, 바다! 이런 에리어도 있구나!"

"그래. 예쁜 모래사장도 있고, 근처에 적도 없는 것 같네."

우리가 나온 작은 동굴 근처에는 전이용 오브젝트인 포탈이 있었고, 동굴 위는 깎아지른 듯한 절벽. 저곳을 올라가려면 엄청 고생하겠다, 그렇게 쓸데없는 생각이 들었다.

"루카네하고 수영복을 입고 이 바다에서 마음껏 놀고 싶네."

"후후후, 지금은 겨울이라 [냉기 대미지]가 있으니까 힘들 것 같은데? 그래도 금방 즐길 수 있는 계절이 올 거야."

뮤우와 세이 누나가 파도치는 바닷가로 걸어가는 모습을 나와 타쿠가 뒤에서 나란히 서서 지켜보고 있었다. 그런데 나는 옆에 있던 타쿠가 왠지 좀 분한 기색을 보이는 것을 눈치챘다.

"타쿠, 왜 그래?"

"아니, 시치후쿠네 길드가 갤리온처럼 큰 배를 만들려 하는 이유가 이 바다를 모험하려는 걸까 해서."

큰 배를 그대로 길드 하우스로 활용하려는 건가? 나는 그렇게 생각하고 있었지만, 이런 바다로 나가려면 그 정도 크기의 배가 필요할 것 같다는 생각이 들어서 나도 이해가 되었다.

하지만 그게 완성되려면 아직 한참 멀었을 테고, 타쿠는 시치후쿠에게 수영을 배우는 것이 내키지 않는다고 했지만, 물 근처에서 전투를 벌이는 것을 고려하면 시치후쿠네 길드가 기획하고 있는 선상 훈련에 참가할 것 같았다.

나와 타쿠는 파도치는 바닷가에서 신이 난 뮤우와 세이 누나를 잠자코 바라보면서 천천히 지는 태양을 보았다.

그리고 저녁놀에 붉게 물든 바다가 어두운 색으로 변했을 무렵, 뮤우와 세이 누나도 만족했는지 돌아왔다.

"자, 돌아갈까! 이번에는 다른 사람들도 데리고 오자!"

"그래. 그리고 우선 이 센스 확장 퀘스트를 마쳐야지."

우리는 뮤우와 세이 누나가 한 말을 듣고 고개를 끄덕이면서 이곳의 포탈을 등록했다.

이제 언제든 이곳으로 전이할 수가 있다.

겨울 바다에 들어갈 생각은 없지만, 이 넓은 모래사장에 뤼이와 자쿠로를 데리고 와서 느긋하게 파도소리만 들으며 지내는 것도 괜찮을 것 같다, 혼자서 그런 생각을 하며 로그아웃했다.

6장　봉인의 방과 만티코어

새해 분위기가 가시기 시작한 오후 거실.

"슌, 미우, 미안해. 길드 쪽에 좀 다녀올게."

"다녀오세요~. 오늘밤에 도전하는 거지? 두근거리네!"

시즈카 누나는 OSO에서 길드 [팔백만]의 상황을 확인하기 위해 자기 방에 있는 컴퓨터를 보러 갔고, 미우도 지금은 거실에서 자기 노트북으로 정보수집을 하고 있었다.

"시즈카 누나는 길드의 상황을 확인하고 지시를 내린다고 하던데, 미우는 OSO 로그인 안 해?"

"센스 확장 퀘스트 공략 정보가 있을까 싶어서 조사해보고 있는데, 로그인해서 레벨을 올릴 시간은 없을 것 같으니까 얌전히 기다리기로 했어~."

그렇게 말하며 코타츠에서 노트북을 보며 무언가를 조사하고 있는 미우.

나는 "음――" 하고 건성으로 대답을 하면서 부엌에서 요리를 했다.

"저기, 오빠, 뭐 만들어? 간식?"

"아니야, 아니야. 이건 타쿠미에게……."

내가 미우에게 설명하던 도중에 현관의 벨이 울렸다.

내가 이야기를 끊고 현관으로 가보니 현관 앞에 가방을 어깨에 메고 한 손에 편의점 비닐봉투를 든 채 추운 듯이 목을 움츠리고 있는 타쿠미가 있었다.

“왔구나. 추우니까 얼른 들어와.”

“실례합니다. 왠지 미안하네.”

“정말. 부탁이라니까 거절할 수가 없잖아. 뭐, 떡하고 재료가 남았으니까 상관은 없지만.”

그렇게 말하면서 들고 있던 비닐봉투를 들어 올린 타쿠미를 거실로 안내해주었다.

밖이 추운지 곧바로 거실에 있는 코타츠로 뛰어든 타쿠미를 보고 노트북에 집중하고 있던 미우가 고개를 들었다.

“어라? 타쿠미 씨, 무슨 일이야?”

“우리 어머니께서 오늘 하루 종일 안 계시거든. 그래서 슌에게 밥을 얻어먹으러 왔지. 그리고 이건 모두에게 주는 선물.”

“아~, 내가 좋아하는 아삭아삭 군 소다맛하고 시즈카 언니가 좋아하는 미유키 찹쌀떡이네! 기억해줬구나!”

타쿠미가 내민 비닐봉투 안에는 음료수와 아이스크림, 과자 같은 것들이 들어 있었고, 미우가 바로 소다맛 아이스크림을 꺼내 먹기 시작했다.

“추운데 용케도 아이스크림 같은 걸 먹네.”

“추우니까 좋은 거지!”

나는 봉투 안에서 아이스크림 같은 것들을 꺼내 냉동실에 넣고 막 완성된 요리를 타쿠미 앞으로 가져갔다.

“자, 어차피 귀찮다고 아침부터 아무것도 안 먹었을 거 아냐. 아니, 편의점 갈 거면 밥도 거기서 사 먹지 그랬어."
"편의점 도시락은 꽤 비싸잖아? 그럴 돈이 있으면 게임에 저금하지."
그렇게 말하면서 내가 만든 떡국에 젓가락을 가져다 대고 떡을 먹는 타쿠.
남아 있던 야채에 구색 맞추기 정도로 돼지고기를 넣은 고기야채볶음도 가져다주자, 그것을 와구와구 먹어대는 타쿠를 나와 미우가 바라보고 있었다.
"응, 맛있네!"
"그렇다니 다행이네. 차도 마실 거지?"
"앗! 내 몫도 부탁해! 그리고 타쿠미 씨를 보고 있자니 나도 떡을 먹고 싶어졌어!"
아이스크림을 먹어놓고 또 떡을 먹겠다니, 나는 그렇게 생각하면서 부엌으로 돌아가 떡 하나를 토스터 안에 넣고 부풀어 오를 동안 녹차를 준비해서 코타츠에 있던 두 사람 앞으로 가져갔다.
타쿠미는 이미 떡국과 고기야채볶음을 거의 다 먹고 미우와 노트북 화면을 보면서 게임 이야기를 나누고 있었다.
"미우, 무슨 정보라도 찾아냈어?"
"새해 업데이트 내용이 있긴 했는데, 센스 확장 퀘스트 공략 정보는 못 찾았어요. 그런데 세 종류의 시련 퀘스트 일람 같은 건 떴어요."
그렇게 말하면서 나도 볼 수 있게끔 노트북 방향을 돌려주는 미우.

나는 그곳에 나열된 퀘스트의 종류가 매우 많다는 것을 보고 현기증을 느끼는 것과 동시에 재미있을 것 같은 퀘스트 몇 개를 발견했다.

“이 소생약 관련 퀘스트는 재미있을 것 같은데. 그리고 이 납품 계열 퀘스트는 재고가 있으니까 이게 걸렸으면 좋았을 텐데.”

“‘‘슌(오빠)…….’’”

타쿠미와 미우가 어이없다는 눈초리로 바라보는데, 누구나 편한 게 더 낫지 않나?

“뭐, 됐어. 그런데 타쿠미 씨는 찾아낸 정보 있어요?”

“딱히 없네. 지금 있는 정보라곤 새로 추가된 보스 MOB인 펑거스 점보라는 녀석의 드롭 아이템 중에 버섯 재배용 아이템인 [버섯 통나무(펑거스 로그)]라는 아이템이 추가되었다는 것 정도려나.”

“으, 버섯~?”

새송이버섯을 싫어하는 미우는 기분 나쁘다는 표정을 지었지만, 나는 그 아이템에 흥미가 생겨서 타쿠가 하는 이야기에 귀를 기울였다.

“일정 이하의 온도에서 물을 주면 계속 버섯이 자라나고 재배도 할 수 있는 통나무라는데, 그냥 물만 주면 식용 버섯을 채취할 수 있는 아이템에 불과하다고 하네.”

“괜찮은데, 가지고 싶어.”

"어? 거짓말. 슌 오빠, 진심이야?"

"그냥 물만 주면 초기 설정인 식용 버섯만 채취할 수 있겠지만, 다른 버섯 균을 잘 정착시키면 조합용 버섯 계열 아이템을 얻을 수 있을지도 모르지."

비룡산맥에서 손에 넣은 [치유버섯]은 말려서 간 다음 환약 계열을 조합할 때 섞으면 회복량이 올라가니까 그 [치유버섯] 균을 [버섯 통나무]에 정착시켜서 계속 채취할 수 있는 가능성이 생긴다면 가지고 싶다.

"아, 뭐 그렇게 쓸 수 있을지는 모르겠지만, 가능성은 있을…… 지도?"

"뭐, 실패하더라도 슌 오빠의 가게에 버섯이 진열될 뿐일 테니까."

그렇게 말하고 감탄한 표정을 짓고 있는 타쿠미와 흥미가 없는지 다시 노트북을 보고 있는 미우.

그리고 뭔가 재미있는 정보가 없을까 하고 인터넷으로 게임 정보를 찾고 있던 미우가 문득 나를 돌아보고 물어보았다.

"그러고 보니 말이야, [황제무지벌레]를 쓰러뜨렸을 때 [무지벌레의 빛구슬]이라는 아이템을 드롭하던데, 어디다 쓸 수 있어?"

"아, 나도 그 드롭 아이템은 얻었어. 강화소재인 것 같던데, 슌은 알아?"

타쿠미도 얻었는지 미우의 이야기에 끼어들었다.

나는 보스를 쓰러뜨린 다음 아이템을 정리할 때 그런 정보에 대해 일단 조사한 바 있다.

"나도 그 아이템을 얻어서 조사해봤으니까 알아."

"정말?! 역시 슌 오빠야!"

"그건 그렇고 세 명 다 얻었다니, [무지벌레의 빛구슬]은 확정 드롭인가?"

미우는 나를 칭찬했고, 타쿠미는 새로 떠오른 의문으로 인해 고개를 갸웃거렸지만 생각해봐도 답이 나오지 않는 의문이라 금방 포기하고 그 강화소재의 효과에 대해 대답하라며 재촉했다.

"무기와 방어구에 부여하는 추가효과는 모르겠지만, 액세서리 같은 [세공] 계열 센스로 추가효과를 부여할 때는 [회복효과 (중)]이 붙었어."

"그건 내가 가지고 있는 스노우 화이트 브레이슬릿 추가효과의 상위 버전이야! 다음번에 추가효과를 다시 달아줘! 슌 오빠!"

"[회복효과 (중)]이라. HP하고 MP 회복 아이템을 사용할 때도 적용되는 거였지. 그럼 그걸 부여한 액세서리를 하나 장만해야 하려나."

미우와 타쿠미가 그런 이야기를 나누고 있자니 OSO에서 길드 [팔백만]에 다녀온 시즈카 누나가 방에서 거실로 내려왔다.

"아, 타쿠미 군, 어서 와. 온 줄 몰랐네. 무슨 이야기를 하고 있었어?"

타쿠미가 와 있었다는 사실에 살짝 놀라면서도 우리 이야기에 끼어든 시즈카 누나. 나는 시즈카 누나를 위해 새로 녹차를 끓이고 나서 대답했다.

"센스 확장 퀘스트에 대해 새로운 정보가 없는지에 대한 이야기하고, [황제무지벌레]의 드롭 아이템에 대한 이야기를 하고 있었어."

"아~, [심해충갑판]이라는 생산소재 말이지. 그건 토시나 체스트 플레이트 같은 경갑옷 장비를 생산할 때 써먹을 수 있을 것 같은데, 나는 쓸 일이 없겠네."

"어? 시즈카 누나…… [무지벌레의 빛구슬]이 아니고?"

미우가 묻자 시즈카 누나가 나와 타쿠미의 얼굴을 보며 반응을 확인했고, 미우는 실수했다는 듯이 껄끄러운 표정을 지었다.

"……혹시, 또 내 드롭 운이 안 좋았던 거야?"

"시즈카 누나! 나는 안 쓸 거라서! 강화소재는 안 쓸 거니까 교환하자!"

나는 눈가에 살짝 눈물이 맺힌 시즈카 누나를 보고 반사적으로 그렇게 대답했다.

"흑흑, 슌, 고마워. 하지만 누나의 위엄을 지키기 위해서라도 받을 수는 없어."

시즈카 누나는 그렇게 말하고 억지로 기운을 내며 미소를 지었지만, 역시 드롭 아이템 운이 안 좋은 것을 신경 쓰고 있는지 찻잔을 향해 깊은 한숨을 내쉬었다.

"음~. 시즈카 언니, 센스 확장 퀘스트하러 갈 거야? 다 모였고 시간도 있으니까. 시간을 더 투자해봤자 공략 정보를 찾을 수 있을 것 같지도 않고."

"그런데 타쿠미의 VR 기어는 타쿠미네 집에 있잖아——

"이런 일이 있을 줄 알고 가져왔지" 아니, 가져왔냐!"

용의주도한 타쿠미에게 태클을 걸자, 미우와 시즈카 누나도 쓴웃음을 짓고 있었다.

"그래. 바로 도전해도 될 것 같아. 그리고 하숙집에 돌아가기 전에 조금이라도 많이 미우하고 슌, 타쿠미하고 파티를 맺고 놀고 싶으니까."

시즈카 누나가 그렇게 말하며 미소를 짓자 나도 고개를 끄덕였다.

"그럼 미우하고 시즈카 누나는 방에서 로그인해줘. 나는 거실에서 타쿠미하고 같이 로그인할 테니까."

그리고 방문은 확실히 잠그라고 말하자 미우는 고개를 갸웃거리면서 끄덕였고, 시즈카 누나도 쓴웃음을 지으며 고개를 끄덕였다.

나는 방에서 VR 기어를 가지고 온 다음 타쿠미와 코타츠를 사이에 두고 마주 앉은 다음 VR 기어를 설치하고 로그인했다.

"훌륭하게 세 개의 시련을 뛰어넘으신 모양이로군요."

OSO에 로그인한 우리는 대성당 앞에 있는 신부 NPC 앞에 서 있었다.

퀘스트 조건을 만족시키자 신부 NPC가 우리를 대성당 안쪽 방으로 안내해주었다.

그 방은 돌로 만들어진 내장재가 그대로 드러나 있었고, 구멍 세 개가 가로로 늘어서 있는 커다란 바위벽이 있었다.

"이번이 마지막 시련입니다. 그 구멍에 당신들께서 손에 넣은 시련의 증거를 넣으면 [봉인의 방]으로 들어갈 수 있습니다. 이 시련을 이겨낸다면, 여신께서 새로운 힘을 내려주실 겁니다."

우리는 그렇게 말한 다음 우리들을 살펴보고 있던 신부 NPC의 시선을 신경 쓰면서 바위구멍에 각각 세 개의 시련 퀘스트에서 손에 넣은 아이템을 넣었다.

세이 누나는 왼쪽 구멍에 [비룡의 무정란]을.

뮤우는 오른쪽 구멍에 [무지벌레의 마디다리]를.

그리고 나는 가운데 구멍에 [북쪽 마을의 감사장]을.

그러자 바위구멍이 묵직한 소리를 내며 닫혔고, 거대한 바위가 왼쪽으로 데굴데굴 굴러간 뒤 그 안쪽에 숨겨져 있던 내리막길 계단의 입구가 나타났다.

계단 아래를 들여다보자 그곳에는 횃불 조명이 켜져 있었고, 아래에서 솟구치는 미지근한 공기가 볼을 간지럽혔다.

신부 NPC는 우리가 [봉인의 방]의 바위를 치운 것을 확인하고 고개를 살짝 숙여 인사한 다음 그 자리를 떠났다.

"장비 준비는?"

"오케이야, 타쿠 씨!"

"포션 같은 소모품도 괜찮아?"

"내가 확실하게 준비했으니까 괜찮아. 그리고 소생약도 넉넉하게 가져왔어."

센스 확장 퀘스트의 마지막 시련 장소인 [봉인의 방] 앞에서 타쿠가 소리치며 확인했고, 뮤우와 내가 차례대로 대답했다. 세이 누나는 그 모습을 훈훈하게 바라보고 있었다.

"지금부터는 정보가 없는 첫 공략이야!"

"두근거리네. 이런 건 한 방에 공략하고 싶어지지!"

시간을 들여서 정보를 모으고 대책을 짠 다음 도전하면 공략 성공률이 올라가긴 하겠지만, 세이 누나가 이제 곧 하숙집으로 돌아가야 하기에 그런 제한 시간이 폐인 게이머인 뮤우와 타쿠의 의욕에 불을 지핀 모양이었다.

나도 정보가 없는 상태로 퀘스트에 도전한다는 것이 불안했지만, 그와 동시에 무슨 일이 일어날지 모른다는 긴장감으로 인해 심장이 크게 뛰었고, 평소와는 달리 신선한 느낌을 맛보고 있기도 했다.

우리는 "좋아! 가자!"라고 외친 다음 지하로 이어지는 계단을 내려갔다.

대성당의 차가운 공기와는 다르게 습하고 미지근한 공기로 가득 차 있고 횃불이 연달아 달려 있는 내리막길 계단을 내려가던 도중에 뮤우가 이런 질문을 했다.

“그러고 보니 NPC가 여기를 [봉인의 방]이라고 했는데, 뭐가 봉인되어 있는 걸까?”

“그야 그거지. 이 세상의 모든 악이라든가, 마물로 변한 중범죄자 NPC라든가, 마왕을 뛰어넘는 숨겨진 보스 같은 거 아냐?”

“전이용 포탈이 있고, 그게 어딘지 모를 거대미궁으로 연결되어 있는 건 아닐까?”

“왜 그렇게 살벌한 게 대성당 지하에 있는데. 그래도 봉인이라는 단어가 신경 쓰이긴 하네.”

나는 타쿠와 세이 누나의 대답에 태클을 걸었지만, ‘봉인’이라는 두 글자가 좀 의미심장하게 느껴지긴 했다.

뭘 봉인한 걸까. 무슨 이유로 봉인한 걸까.

그렇게 긴장감이 있는 것 같으면서도 없는 대화로 첫 공략의 긴장을 적당히 푼 우리는 계단의 끝에 도착했다.

그곳에는 커다랗고 푸른 강철 대문이 있었고, 타쿠가 우리를 둘러보고 고개를 끄덕인 다음 손바닥을 문에 대고 힘을 주어 밀었다.

경첩이 삐걱대는 소리가 울리며 천천히 열린 대문 안쪽에서 입구로부터 차례대로 횃불이 켜졌기에 원형 넓은 방이라는 것을 알 수 있었다.

그 가운데에는 MOB 한 마리가 자리 잡고 있었다.

붉은 털이 섞여 있는 노란 털, 그리고 박쥐 날개가 달려 있는 사자. 꼬리 끝에는 검붉은 가시가 잔뜩 달려 있었고,

휘어진 뿔과 붉은 갈기가 달려 있는 생물이었다.

"보스 이름은── [봉인의 방의 만티코어]. 아니, 설명하는 것 같은 이름이잖아!"

아무리 봉인의 방에 있는 만티코어라고 해도 좀 대충 지은 이름 같다.

그런 내 목소리를 듣고 만티코어가 날카로운 고양이눈으로 이쪽을 노려보며 일어섰다.

목은 천장에 박혀 있는 쐐기에, 앞다리, 뒷다리, 꼬리는 천장 가까운 곳에 있는 벽화에 박혀 있는 쐐기에 각각 사슬로 묶여 있었다.

그리고 우리 모두가 [봉인의 방]에 들어온 순간, 뒤쪽에서 푸른 대문이 세차게 닫혔고, 만티코어가 거세게 포효했다.

그러자 벽화에 박혀 있던 세 군데의 쐐기가 터져서 날아갔고, 각 벽화가 옅은 붉은색, 푸른색, 녹색 빛을 내뿜었다.

유일하게 천장과 목에 연결되어 있던 사슬만은 만티코어를 묶어두고 있는 가운데, 최후의 시련이 시작되었다.

●

"뮤우, 가자!"

"네, 타쿠 씨!"

뮤우와 타쿠는 무기를 겨누고 뛰어가기 시작하며 양쪽에서 만티코어를 협공할 태세를 갖추었고, 나와 세이 누나가 후위에서 활과 마법으로 지원했다.

“《인챈트》── 어택, 디펜스, 스피드! 《커스드》── 디펜스!”

나는 뮤우와 타쿠를 지원하기 위해 인챈트를 걸었고, 만티코어에게는 약체화시키기 위해 커스드를 날렸지만, 상대방의 높은 스테이터스로 인한 저항으로 실패해버렸다.

뮤우와 타쿠가 만티코어에게 접근하자 그 움직임에 반응한 듯이 만티코어가 공격했다.

앞발로 할퀴기, 엄니로 물어뜯기, 모닝스타처럼 커다란 가시가 원추형으로 달려 있는 꼬리로 내려치기.

뮤우와 타쿠는 그 공격 범위와 간격을 파악하고 피하면서 대형 MOB 특유의 틈을 찌르며 앞발과 측면을 공격해 나갔다.

만티코어의 공격수단은 다채롭긴 하지만 근접공격에 치우쳐 있었기에 후위에 있는 나와 세이 누나가 안전하게 원거리공격을 계속 가할 수 있었다.

나는 뒤쪽 시점에서 파악한 상황을 뮤우와 타쿠에게 전했다.

“뛴다!”

“알았어!”

[간파] 센스가 가르쳐준 적의 예비동작으로 다음 행동을 예측하고 전달하자, 정면에 서 있던 타쿠가 대답했다.

두 다리에 힘을 주고 박쥐 날개를 퍼덕인 만티코어는 돌풍을 일으켜 접근한 타쿠를 날려버리려 했다.

그 돌풍을 거스르지 않고 오히려 그 기세를 이용해 만티코어와 거리를 벌린 다음 숨을 내쉰 타쿠.

"하앗, 《피프스 브레이—— 꺄악?!"

뮤우는 만티코어가 뛰어오를 때 아츠 발동 모션에 들어간 상태였기에 급하게 피할 수 없었다.

"——뮤우?!"

뮤우는 만티코어가 뛰어오르며 날갯짓하여 만들어낸 돌풍을 견뎌냈지만, 그 뒤를 이어 만티코어가 낙하할 때 날아든 충격파로 인해 날아갔다. 그리고 우리가 있는 후방까지 대미지가 없는 충격이 닿아 모두가 스턴 상태에 빠져버렸다.

만티코어의 낙하 충격파를 맞은 뮤우는 HP 중 6할이 깎여나가며 몇 미터 뒤쪽으로 날아갔지만, 그 덕분에 만티코어의 추격타를 피할 수 있었다.

"——《메가 힐》!"

스턴 상태에서 회복된 뮤우가 스스로 HP를 회복시켰지만, 솔직히 간담이 서늘해졌다.

운이 안 좋았다면 방금 그 일격으로 인해 [기절] 상태이상이 발생했을 것이고, 추격타를 맞고 떨어졌을 가능성도 있다.

움직임의 빈틈이 크긴 하지만, 일격의 대미지가 묵직한 만티코어. 지금까지 싸운 것으로 볼 때, 안전에 유의하며 싸우면 위험할 것 같지는 않지만 결코 방심해서는 안 될 상대다.

그런데 HP를 1할 정도 깎아내자 만티코어의 행동에 변화가 생겼다.

앞다리를 들어 올리고 뒷다리만으로 일어선 다음 천장을 향해 포효했다.

"지금이야! ──《소닉 엣지》!"

"──《솔 레이》!"

뮤우와 타쿠는 이때다 싶었는지 무방비한 만티코어의 복부를 향해 원거리 아츠를 날리기 시작했다.

"정말. 연출 정도는 좀 하게 해주지…… 이것저것 엉망진창이잖아."

나는 작은 목소리로 그렇게 중얼거렸지만 뮤우와 타쿠는 듣지 못했고, 만티코어에게 두 사람이 날린 아츠의 대미지가 들어갔다.

그 모습을 보고 나와 세이 누나도 마찬가지로 공격을 날렸으니 뭐라고 할 수는 없다.

그리고 포효를 마친 만티코어가 뒷다리로 일어섰을 때 들어 올렸던 앞다리를 그대로 내려치자, 앞다리에 연결되어 있던 끊어진 사슬이 채찍처럼 움직여 나와 세이 누나에게 날아들었다.

"세이 언니, 윤 언니!"

뮤우와 타쿠는 만티코어가 휘두른 사슬의 궤도 범위 바깥으로 피한 뒤 우리에게 소리쳤다.

"괜찮아. ──《워터 라운드》!"

"──《클레이 실드》!"

나와 세이 누나는 냉정하게 방어마법을 발동시키고 협력해서 이중으로 보호막을 만들어냈다.

바깥쪽에 둥근 물방패, 안쪽에는 토벽──.

채찍처럼 날아든 사슬이 원심력까지 합쳐져서 부딪힌 다음 바깥쪽에 있던 둥근 방패를 뚫었지만 물이 완충재로 작용하여 타격 충격을 완화시켰고, 안쪽에 있던 토벽이 타격 그 자체를 막아냈다.

그런데 사슬 두 줄기의 공격에 한계를 맞이한 토벽이 후두둑 무너지기 시작했고, 토벽 건너편에 있던 만티코어의 모습이 보이기 시작했다.

"세이 누나!"

그 모습을 본 순간, 내 [간파] 센스가 반응했기 때문에 나는 재빨리 세이 누나를 밀쳐내고 좌우로 뛰었다.

토벽에서 뛰쳐나온 우리들이 몸을 숙이고 만티코어를 살펴보니 만티코어는 가시가 잔뜩 달린 꼬리 끝을 토벽이 있었던 곳으로 향하고 있었고, 그 직후에 가시가 사출되는 것을 보았다. 그런데──.

"……공격이, 빗나갔어?"

매우 두꺼운 가시가 토벽──의 잔해 위쪽을 지나 뒤쪽에 있던 옅은 녹색으로 빛나는 벽화에 여러 개 박혔고, 벽화가 깜빡이기 시작했다.

"빗나갔다면 이 틈에──《나인 소드 슬래시》!"

단숨에 만티코어에게 다가간 뮤우가 한 손 검을 들어 올리고 일격을 날렸다. 하지만 아츠가 발동되지 않았고, 뮤우는 검을 내려친 자세로 굳었다.

만티코어가 그 틈을 간파하고 크게 휘두른 앞다리가 뮤우를 덮쳤다.

"꺄악──!"

"뮤우! ──《하이 힐》!"

세이 누나가 뮤우에게 회복마법을 걸었지만, 그 스킬도 발동되지 않았다.

"거짓말…… 아츠와 스킬을 쓸 수가 없어?!"

"뮤우, 포션을 써! 이건 [기능 봉인]이야!"

타쿠의 목소리를 듣고 일어선 뮤우는 곧바로 메가 포션을 써서 HP를 회복시킨 다음 다시 만티코어와 맞섰다.

뒤쪽에서 그 모습을 보고 있던 나는 [기능 봉인]이라는 단어를 들어본 적이 있었다.

거대한 늑대, 가름 팬텀 토벌 퀘스트의 달성 보수인 방어구 [명랑의 수호갑옷]에 아츠를 사용할 수 없게 되는 [기능 봉인]이라는 추가효과가 있었다.

지금 우리에게 그 [기능 봉인] 효과가 발생한 모양이었고, 이 [봉인의 방]은 만티코어를 봉인한 곳이 아니라 플레이어의 기능을 봉인하는 곳이라는 것을 깨달았다.

나도 시험삼아 활 계열 아츠와 [부가술] 센스의 인챈트, 커스드, 흙마법을 사용하려 했지만 전부 다 사용할 수 없었다.

세이 누나는 마법 스킬 위주로 싸우는 스타일이기에 전투에 참가하지 못했고, 나는 활을 사용한 평타만 날렸다.

사용하는 화살을 일반적인 쇠 화살촉에서 상태이상약을 합성한 것으로 바꿔서 조금이나마 도움이 될 수 있게끔 싸우면서 언제 [기능 봉인]이 발생했는지 생각해 보았다.

가능성이 높은 것은 좀 전에 우리 머리 위로 날아간 만티코어의 꼬리 가시가 녹색 벽화에 박혀서 깜빡이기 시작했을 때일 것이다.

저 만티코어가 자기도 모르게, 또는 아무런 의미도 없이 공격을 헛날리지는 않았을 테고.

"세이 누나는 여기서 대기해. 나는 조금 앞으로 나갈게."

"윤, 조심해!"

마법이 봉인되자 무방비해진 세이 누나는 자연스럽게 사슬이 닿는 범위 바깥으로 물러났기에 내가 앞으로 조금 나가자 뮤우와 타쿠가 있는 전위와 세이 누나가 있는 후위의 중간쯤에 서게 되었다.

세이 누나는 [기능 봉인]으로 인해 센스를 전환해서 MP 자연 회복 속도를 높이면서 지금 할 수 있는 것에 집중하고 있다.

그때 만티코어가 다시 양쪽 앞다리를 휩쓰는 듯이 옆으로 휘둘러서 거기에 연결되어 있는 사슬을 부채꼴로 날렸다.

중간 지점에서 화살을 쏘고 있던 나는 그 모습을 보고――.

"칫, [기능봉인] 상태인데 사슬 공격이냐! ――[클레이 실드]!”

인벤토리에서 꺼낸 매직 젬 여러 개를 사슬이 날아드는 방향으로 던졌다.

스킬이 봉인된 상황에서도 아이템은 쓸 수 있었기에 나는 방어수단인 매직 젬을 발동시켜 순식간에 솟아난 토벽 세 개를 만들었다.

하지만 첫 번째와 두 번째 토벽은 쉽사리 파괴되었고, 세 번째 토벽은 정면이 크게 파이긴 했지만 겨우 막아낼 수가 있었다.

다시 양쪽으로 몸을 날려 사슬이 닿는 범위 바깥으로 피해 있었던 뮤우와 타쿠를 견제하려는 듯이 휘두른 양쪽 앞다리를 되돌리지 않고 몸을 옆으로 돌린 만티코어는 그 자세를 유지하며 가시가 달려 있는 꼬리를 크게 휘둘렀다.

그 끄트머리에서 다시 가시 여러 개가 우리 머리 위로 날아갔고, 이번에는 푸르게 빛나는 벽화에 꽂힌 대신 녹색으로 빛나는 벽화에서 가시가 빠져서 떨어졌다.

“이번에는 무슨 일이 일어나는 거야?”

나는 작은 목소리로 말하면서 가시가 꽂힌 푸른 벽화가 깜빡이는 것을 올려다보았다.

[기능 봉인]을 일으킨 것으로 추측된 녹색 벽화에서 가시가 빠졌으니 아츠나 스킬을 쓸 수 있게 되었을지도 모른다.

내가 그 사실을 큰 소리로 외치기 전에 뒤쪽으로 물러나 있었던 세이 누나가 다시 마법으로 공격하기 시작했다.

하지만 이번 푸른색 벽화가 봉인하는 대상이 무엇인지 모르기 때문에 우선 계속 평타로 공격하기 위해 화살을 든 순간── 내 손에서 화살이 녹아내리는 듯이 사라졌다.

"어?!"

오른손에서 사라진 화살을 찾으려고 주위를 둘러보았지만 어디에도 보이지 않아서 한순간 사고가 정지되어버렸다.

"윤! 적의 공격이야!"

뒤쪽에서 마법을 날리고 있던 세이 누나가 내게 경고했다.

잠깐이나마 시야에서 적을 보지 않았기 때문에 [간파] 센스를 이용한 공격의 징조를 놓치게 되었다.

그 직후, 힘차게 뛰어오른 만티코어가 눈앞까지 와 있었다.

목에 묶여 있는 사슬을 한계까지 끌어당기며 행동범위 경계선에 있었던 내 옆구리를 앞다리로 후려치며 공격했다.

그 순간, 내 앞에 장벽처럼 쳐져 있던 [대신하는 보옥의 반지]의 효과가 쉽사리 돌파되었다.

어떤 즉사 공격이라도 반지에 끼워져 있는 보석의 능력에 맞는 횟수만큼 막아주는 [대신하는 보옥의 반지]도 다단히트나 여러 종류의 대미지를 입히는 공격에는 효과가 약하다.

내 옆구리에 만티코어의 예리한 발톱이 깊게 파고들었고, 휘두른 앞다리의 기세로 인해 나는 왼쪽 벽에 부딪혔다.

찌르기와 타격, 그리고 벽에 격돌한 것으로 인해 여러 겹으로 대미지를 입고 내 의식이 희미해졌다.

한순간에 HP의 절반 이상을 깎아낸 대미지를 입은 나는 [기절] 상태이상에 걸려 움직일 수 없게 되었다.

"윤 언니!"

"쳇, 윤, 일어나!"

"여기는 회복범위 바깥이구나. 내가 갈게!"

뮤우와 다른 사람들의 목소리가 멀리서 들렸다.

내가 뮤우와 세이 누나의 회복마법 범위 바깥으로 날아간 건가? [봉인의 방]은 생각했던 것보다 넓구나.

하얗게 흐려진 의식 속에서 내가 멍하게 그런 생각을 하고 있자니 갑자기 눈꺼풀 안쪽에서 강한 빛이 느껴졌다.

그런데 뮤우의 하얀 빛마법도 아니었고, 뮤우와 다른 사람들이 허둥대는 목소리가 들렸다.

"잠깐! 이 타이밍에 그런 큰 기술로 추격타를 날리는 거야?!"

"윤! 어떻게든 도망쳐!"

"이러면 윤에게 다가갈 수가 없는데!"

뮤우와 다른 사람들의 목소리에 호응하는 것처럼 [기절] 상태이상이 자연스럽게 풀렸지만, 힘들게 눈을 떠보니 눈앞에 붉고 두꺼운 방사열선이 날아들고 있었다.

방사열선이 앞쪽을 휩쓰는 듯이 날아오자 세이 누나는 물방패와 얼음벽을 합친 다중 방어로 버티고 있었고, 뮤우와 타쿠는 양쪽으로 더욱 멀리 몸을 날려 열선 범위 바깥으로 피했다.

내가 [기절]에서 회복되었을 때, 방어마법이나 아이템, 회피를 할 수 없을 정도로 방사열선이 가까이 와 있었다.

(——아, 이건 틀렸네.)

하지만 방사열선을 맞아도 괜찮을 거라 생각했다. [소생약]을 써서 부활하면 된다. 왜 사람들이 저렇게 초조해하는 거지?

"윤!"

그리고 방사열선에 휩싸여 HP가 전부 사라진 나는 [소생약]을 사용할 타이밍을 살피고 있었다.

그러자 [소생약]을 사용할 것인지 확인하는 메시지가 뜨긴 했지만, 원래 흰색이었던 'YES'라는 글자가 왠지 모르겠지만 사용할 수 없다는 뜻을 나타내는 회색으로 떠 있었다.

나는 그것을 보고 화살이 사라진 이유를 눈치챘다.

화살은 소모품, 다시 말해 도구로 분류된다. [소생약]도 마찬가지다.

다시 말해 푸른 벽화가 봉인하는 것은 도구——, [도구 봉인]이 바로 푸른 벽화의 기능이었던 것이다.

"뮤우는 윤을 봐줘! 나하고 세이 씨가 녀석을 붙잡아둘 거야!"

"알았어!"

암전된 시야 안에서 다른 사람들이 전투를 벌이는 소리와 쓰러진 내 곁으로 달려오는 발소리가 들렸다.

"윤 언니, 지금 구해줄게!"

[소생약]을 쓰지 못하는 내 곁에 도착한 뮤우가 그렇게 말하고 나서 어떤 마법을 사용했다.

"――《리미트 리바이브》!"

다음 순간, 희미한 분홍색 빛이 암전된 시야를 물들였고, 내 HP를 0에서 1로 회복시켰다.

"언니, 괜찮아?! ――《메가 힐》!"

그런 다음 뮤우는 강력한 개인 회복 마법을 사용하여 내 HP를 빠르게 회복시켰지만, 그것도 부족하다고 생각했는지 다시 두 번 정도 더 회복 마법을 걸었다.

"……뮤우. 이제 됐어, 나는 괜찮아."

부딪힌 벽에 손을 짚으며 일어선 나는 [소생약]을 쓸 수 없는 이 상황에서 뮤우가 어떻게 나를 부활시켰는지 팔에 장비한 아이템을 보고 이해했다.

"――[도등화 나무덩굴]이구나."

도등화 나무 관련 레이드 퀘스트 보수 중 하나인 액세서리, [도등화 나무덩굴]에는 [한정소생]이라는 추가효과가 있고, 거기에 딸려 있는 소생 스킬인 것 같았다.

"응. 나는 아직 소생 스킬이 없어서 사용 횟수가 정해져 있지만."

팔찌에는 연한 분홍색으로 새겨진 꽃잎이 네 장 남아 있었고, 그것이 액세서리를 사용하는 [한정소생] 횟수가 네 번 남았다는 뜻을 나타내고 있었다.

"부활하자마자 미안한데, 윤은 중간에서 나를 보조하는 데 집중해줘! 뮤우는 세이 씨가 있는 위치로 물러나서 마법으로 원호하고! 세이 씨는 계속 공격해줘!"

타쿠는 뮤우에게 위치를 바꾸라고 지시했다. 그런데 내 스테이터스로는 만티코어의 공격을 받아낼 수 없고, 화살이 봉인되어 있는 지금은 대미지를 입해서 타쿠보다 어그로를 더 끌기도 힘들다.

"그럼 타쿠 씨에게 공격이 집중되잖아! 그리고 방어력이 약한 윤 언니가 앞으로 나가면 또 당해버릴 거야!"

"예측하지 못한 사태에 대비해서 배치한 거야! [기능 봉인]에 이어 지금은 [도구 봉인]상태잖아. 다음에는 뭘 봉인 당할지 모르니까!"

타쿠는 만티코어의 공격을 피하면서 세이 누나가 표적이 되지 않게끔 혼자서 대미지를 계속 입히고 있었다.

타쿠가 한 말을 무시하는 건 간단하겠지만, [기능 봉인], [도구 봉인], 이렇게 개별적인 소생수단을 전부 봉인할 가능성도 있기에 뮤우가 말한 것처럼 타쿠 혼자서 위험한 전위에 내버려 둘 수는 없었다.

좀 전에 중간 지점에서 당한 내가 다시 같은 위치에 서는 것이 불안하긴 했지만, 이대로 움직이지 않으면 타쿠의 부담만 더욱 커지게 된다.

"타쿠, 알았어."

[도구 봉인]으로 인해 활을 쓸 수 없게 된 나는 만티코어

의 움직임을 경계하며 중간 위치로 향했다.

내가 맡은 보조 역할을 수행하기 위해서.

"윤 언니!"

"괜찮아. 인챈트를 다시 걸게! 《인챈트》── 어택, 디펜스, 마인드!"

만티코어의 HP는 아직 7할이나 남아 있다.

나는 전위에서 혼자 보스와 직접 맞서고 있는 타쿠에게 뒤에서 인챈트를 여러 겹 걸었다.

어찌 됐든 푸른 벽화의 [도구 봉인]으로 인해 화살로 날리는 평타나 아이템을 사용한 공격, 회복이 봉인되었다는 것이 큰 타격이었다.

어떻게 할까, 그렇게 생각하고 있자니 다시 꼬리를 들어올린 만티코어가 이번에는 붉은 벽화에 가시를 날려서 박았다. 이번에는 그 대신 푸른 벽화에 박혀 있던 가시가 떨어졌다.

"좋아, 이제 아이템을 쓸 수 있게 되었어! 그렇다면 나도 공격에 참가할 수 있겠지!"

푸른 벽화에 박혀 있던 가시가 떨어진 것과 동시에 내 화살통에 화살이 나타났다. 나는 그 감촉을 확인해볼 새도 없이 활에 화살을 메긴 다음 만티코어의 미간을 노리고 날렸다.

화살은 노린 곳을 향해 일직선으로 날아갔지만, 몇 센티미터를 남겨두고 보이지 않는 무언가에 튕겨져 나갔다.

"어?!"

그 알 수 없는 방어의 정체를 알아내기 위해 빠르게 두 번째, 세 번째 화살을 날렸지만 전부 다 미지의 장벽에 가로막혀버렸다.

타쿠도 공격하기 위해 휘두른 검이 전부 무언가로 인해 튕겨져 나왔지만, 적의 공격을 검으로 흘려내는 것은 성공했다.

"——《아쿠아 배럿》! 일제발사!"

"——《솔 레이》!"

우리 뒤에서 날아든 대량의 수탄과 수렴광선이 만티코어의 몸에 꽂혔고, 만티코어가 고통스러워하며 포효했다.

"붉은색은 직접 공격을 막아내는 [공격 봉인]인가! 윤과 뮤우는 아츠와 스킬 중심으로 공격해줘! 나는 회피에 전념할 테니까!"

"알았어."

나는 타쿠의 지시를 받고 활 계열 아츠를 차례차례 만티코어에게 날리며 생각했다.

만티코어의 꼬리에 달려 있는 가시와 세 벽화의 관계, 그리고 각 벽화에 봉인되어 있는 효과와 발동패턴을 알아냄으로써 불확정요소가 꽤 많이 줄어든 지금, 우리는 안정적인 사이클로 싸울 수 있게 되었다.

이제 이대로 무사히 만티코어를 쓰러뜨리기만 하면 된다.

●

만티코어가 꼬리의 가시를 박아 넣은 벽화의 색은 랜덤이었고, 몇 번째 대상은 푸른 벽화의 [도구 봉인]이었다.

만티코어는 역시 센스 확장 퀘스트의 보스라서 그런지 HP가 꽤 많아서 이제 겨우 4할까지 깎은 상황이었다.

네 명 파티라 인원이 적기도 했기에 전투가 길어졌다.

지금까지 HP를 깎아내는 동안 타쿠가 회피와 흘려내기를 실패하고 추격타를 맞아 두 번 정도 쓰러졌지만, 첫 번째는 내 [소생약]으로, 두 번째는 뮤우의 [한정소생]으로 부활시켰다.

그리고 만티코어의 HP를 더 깎아서 남은 HP가 3할 아래로 떨어진 순간——.

『GUOOOOOOOOOO——.』

뒷다리로 일어서서 천장을 향해 표호하는 만티코어.

그 직후, 타쿠에게 휘두르던 양쪽 앞다리의 속도가 올라갔고, 그럴 때마다 울려대는 바람을 가르는 소리도 더욱 거세졌다.

"발광 모드에 들어갔다! 지금부터는 단기결전으로 단숨에 밀어붙어야 해!"

"라져! ——《아쿠아 배럿》!"

"——《솔 레이》!"

타쿠가 그렇게 말하자 세이 누나와 뮤우가 곧바로 대답했고, 나도 약하긴 하지만 흙마법으로 공격하러 나서야 하나, 그렇게 생각하고 있자니 만티코어가 목 안쪽에 붉은빛을 모으기 시작했다.

"또 그 공격이 와!"

나는 좀 전에 [기절]에서 회복된 직후에 맞았던 것과 똑같은 색의 공격을 보고 기분 나쁜 예감이 들어서 곧바로 만티코어가 고개를 향한 곳 반대방향을 향해 뛰어갔다.

"야! 윤! 그쪽으로 가지 마!"

"아니, 타쿠 너는 왜 그쪽으로 가는 건데!"

만티코어의 사정범위 바깥으로 피하려고 옆쪽으로 움직이는 나와는 달리, 타쿠는 단숨에 만티코어에게 달려들었다.

그리고 만티코어는 모은 빛을 방사열선으로 방출했고, 오른쪽에서 왼쪽으로 휩쓰는 듯이 고개를 움직였다.

타쿠는 바닥에 몸을 비벼대는 듯이 만티코어의 옆쪽에서 몸통 아래로 미끄러져 들어가서 방사열선이 절대로 오지 않을 안전구역으로 파고들었다.

뮤우와 세이 누나는 서로 협력해서 방어마법을 여러 겹으로 발동시켜 방사열선을 견뎌냈다.

"이곳이 제일 안전한 곳이야! 윤도 이쪽으로 들어와!"

"다음 공격 때 그렇게 할게!"

타쿠는 그곳에서 큰 기술을 사용하고 있는 만티코어를 일방적으로 공격하고 있었지만, 뒤쪽에서 다가오는 두꺼운 방사열선에게 쫓기고 있던 나는 일단 뛰어서 피하려 했다.

하지만 방사열선이 다가오는 속도가 더 빨랐기에 부채꼴

사정범위 바깥으로 피할 수 없겠다고 판단한 나는 곧바로 돌아섰다.

"이렇게 된 이상, 될 대로 되라! 《클레이 실드》, 《인챈트》── 스피드!"

나는 다가오는 방사열선을 향해 머리 높이 정도로 토벽 경사를 만들어낸 다음, 인챈트로 내 속도를 올리고 단숨에 그곳을 뛰어올라 갔다.

그대로 점프대 대신 그곳을 박차고 머리부터 뛰어들 듯이 앞쪽으로 몸을 날렸다.

그 순간, 방사열선이 내 가슴 아래쪽을 스쳤고, 나는 그 열량을 느끼면서도 겨우 무사히 피한 뒤 착지한 다음 바닥을 구르며 멈췄다.

"설마 윤이 높이뛰기로 피하다니?!"

"윤 언니가 빈유를 이용해서 회피할 줄이야?!"

"이봐, 뮤우하고 세이 누나, 사실 꽤 여유가 있는 거 아니야?"

나는 깜짝 놀란 두 사람에게 눈을 흘기면서 공격을 마친 만티코어를 돌아보았다.

발광 모드에 들어간 만티코어는 가시가 달린 꼬리를 이쪽으로 휘둘렀다.

어떤 벽화에 꽂힐지 확인하기 위해 순간적으로 벽화 쪽에 의식이 쏠렸던 나는 [간파] 센스 반응이 조금 늦어버렸다.

"윽?! ──《클레이 실드》! 이번에는 플레이어를 직접 노렸는데?!"

지금까지는 봉인을 전환시킬 때만 썼던 가시달린 꼬리로 플레이어를 직접 노리게 되었다.

선입관에 따라 행동해버렸는데, 만약 [도구 봉인]이 아니라 [기능 봉인] 때였다면 방어할 수도 없었을 것이라는 사실을 깨닫고 뒤늦게 식은땀을 흘렸다.

다음에 어떤 공격을 할지 알 수 없다는 공포를 느끼게 하는 만티코어가 타쿠와 정면으로 맞붙고 있었다.

만티코어가 통나무 같은 앞다리를 휘둘렀고, 타쿠는 그것을 검으로 흘려내고 나서 상대방이 크기 휘두른 빈틈을 찔러 반격하는 패턴을 반복하고 있었다.

"역시 지치네. 팔도 무거워지기 시작했어."

"타쿠, 괜찮아?!"

"이 정도는 아무것도 아니야!"

타쿠는 일격에 HP가 크게 깎이는 상황에서 회피와 흘리기를 거의 완벽하게 성공시키고 있었지만, 갑자기 만티코어가 휘두른 앞다리에 달려 있던 사슬이 타쿠의 왼쪽 다리에 감겼다.

"——윽?! 아차!"

타쿠는 곧바로 이어진 두 번째 공격을 장검 두 자루로 흘려내려 했지만, 왼쪽 다리의 움직임이 제한된 상태였기에 완전히 흘려낼 수가 없었다.

"내 검이, 크윽!"

흘리기에 실패한 오른쪽 장검이 만티코어의 앞다리에 튕겨져 나가 타쿠 뒤쪽 바닥에 꽂혔다.

그 순간, 만티코어는 타쿠의 왼쪽 다리에 감겨 있던 사슬을 앞다리와 함께 휘둘러 타쿠를 바닥에 내동댕이쳤다.

그대로 추격타를 맞으면 타쿠가 다시 전투불능 상태에 빠져버릴 상황에서 만티코어가 꼬리를 들어올리고 붉은 벽화에 가시를 박아 넣었다.

"윤, 타쿠 군을 회복해줘!"

나는 타쿠 대신 세이 누나가 내린 지시를 받고 튕겨져 나간 타쿠의 장검을 회수한 다음 일직선으로 타쿠가 있는 곳에 달려갔다.

쓰러져 있는 타쿠의 상태를 확인해보니 HP의 8할을 잃고 [기절] 상태이상에 걸려 있었다.

지금은 [공격 봉인] 상태여서 도구를 쓸 수 있었기에 나는 망설임 없이 메가 포션과 상태이상 회복약을 써서 타쿠를 회복시키려 했지만——.

"이런! 뮤우! 세이 누나! 피해!"

내가 타쿠의 HP를 회복시켰을 때, 만티코어가 목 안쪽에 다시 붉은 빛을 모으기 시작했다는 것을 눈치챘다.

나는 타쿠의 뒤로 돌아가서 옆구리를 통해 앞으로 손을 둘러서 껴안고 좀 전에 타쿠가 그랬던 것처럼 만티코어 쪽으로 타쿠를 끌고 가서 겨우 턱 밑으로 파고들었다.

이번에 날린 방사열선은 고개를 좌우로 움직여 넓은 범위를 휩쓰는 공격이 아니라 후위를 노린 일격이었던 모양이었다. 세이 누나와 뮤우의 다중 방어만으로는 도저히 견뎌낼 수 없을 것이다.

하지만 뮤우는 세이 누나 앞으로 나서서 MP 포트를 사용하고 마법 준비를 했다.

"방사열선을 쓴다면 수렴광선으로 정면 승부를 내겠어!"

"뮤우라면 이길 수 있을 거야! 하지만 만에 하나의 경우를 대비해서 방어 준비를 해둘게."

세이 누나는 그렇게 말한 다음 지팡이를 들어올리고 다중 방어 준비를 하기 시작했다. 뮤우 뒤에는 발동 직전인 《솔 레이》 마법을 여러 개 대기시켜두고, 뮤우의 눈앞에는 빛의 입자로 이루어진 렌즈가 떠올랐다.

그때, 만티코어가 모은 붉은 빛이 임계점에 도달했고——.

"——《컨센서스 레이》!"

뮤우가 사용하는 빛마법, 《솔 레이》를 한데 모아 만들어낸 두꺼운 수렴광선은 만티코어가 날린 방사열선과 비슷한 위력을 지닌 채 정면으로 부딪혔다.

서로 한 발자국도 물러나지 않는 빛과 빛의 충돌로 인해 나는 눈이 부셔서 앞을 제대로 볼 수가 없었다.

하지만 잠시 후 뮤우의 수렴광선이 점점 밀리기 시작한 것을 느낀 나는 눈앞의 지면에 손을 대고 소리쳤다.

"눈이 나빠지잖아! 《클레이 실드》!"

내가 만티코어의 턱 아래에 있는 안전지대에서 똑바로 솟구치게끔 토벽을 만들어내자 그것이 만티코어의 턱이 부딪히며 밀어 올렸고, 하늘을 보게 된 만티코어는 자기도 모르게 입을 다물었다.

만티코어의 입을 강제로 다물게 만드는 것에 성공하자 그로 인해 외부로 방출될 예정이었던 방사열선이 만티코어의 입안에서 날뛰었고, 각각 엇갈리게 난 날카로운 이빨 사이에서 불꽃이 새어 나온 다음 입안에서 폭발했다.

그리고 추격타를 날리는 듯이 뮤우의 수렴광선이 날아와 만티코어의 머리에 파고들었다.

"——가라아아!"

내가 만들어낸 토벽 윗부분은 만티코어의 입안에서 발생한 폭발과 수렴광선으로 인해 후두둑 무너져 내렸고, 나는 그 잔해로부터 몸을 지키기 위해 바닥에 엎드리는 듯이 몸을 숙였다.

"위험하잖아. 설마 내가 만든 벽에 파묻힐 뻔하다니……."

"윤 언니, 그런 곳에 있으면 위험하잖아! 만티코어의 발치에서 쓰러지면 소생시키는 것도 힘든데!"

나는 뮤우가 한 말을 듣고 쓴웃음을 지으면서 같이 안전지대로 데려왔던 타쿠가 보이지 않았고, 회수한 타쿠의 장검도 사라졌다는 것을 깨달았다.

"타쿠가 "——《크로스 이그제큐션》!" 윽?!"

없어, 그렇게 말하려 한 순간, 위쪽에서 타쿠의 목소리가 울려 퍼졌고, 머리 위에 있던 만티코어가 심한 고통으로 인해 끙끙대는 소리를 내며 날뛰기 시작했다.

이곳에 있으면 위험하다고 느낀 내가 단숨에 뛰쳐나온 뒤 만티코어를 올려다보니 등에 타쿠가 올라타 있었고, 가시가 달린 만티코어의 꼬리가 잘려나간 상태였다.

"타쿠! 괜찮아?"

"그래, [기절]에서 회복된 뒤에 이 녀석의 아래에 있길래 들키지 않게끔 뒤로 가서 등에 올라탄 다음에 귀찮게 굴던 꼬리를 잘라줬지."

타쿠는 씨익 웃었고, 고통스러워하다가 제정신이 돌아온 만티코어가 등 위에 있는 타쿠를 떨어뜨리기 위해 날뛰었기 때문에 어쩔 수 없이 그곳에서 뛰어내렸다.

하지만 이제 꼬리로 가시를 날릴 수 없기에 벽화를 사용한 봉인을 발동시킬 수는 없을 것이다.

그렇게 생각했는데 잘려나간 꼬리가 빛의 입자가 되어 사라지지 않았기 때문에 의아해졌다.

그러자 잘려나간 꼬리가 그 자리에서 뿌득뿌득 수상쩍은 소리를 내면서 계속 가시를 만들어냈고, 가시가 잔뜩 돋아난 꼬리 전체가 점점 팽창하기 시작했다.

"다들 방어해! ——[클레이 실드]!"

꼬리가 폭발한 것과 동시에 잔뜩 날아간 가시가 우리뿐만이 아니라 만티코어의 몸에도 상처를 입혔다.

나는 매직 젬으로 만들어낸 여러 겹의 토벽에 숨어 타쿠와 함께 그 공격을 막아냈고, 뮤우와 세이 누나는 세이 누나가 방사열선에 대비해 준비해 두었던 다중 방어마법을 사용해 가시의 폭풍을 견뎌냈다.

"아~, 설마 봉인의 열쇠인 꼬리가 잘라낸 뒤에 폭발할 줄은 몰랐네."

타쿠가 그렇게 중얼거리면서 근처에 꽂혀대는 가시 탄막을 바라보았다.

주변 일대에 날아간 가시는 우리와 만티코어를 덮친 것뿐만이 아니라 모든 벽화에도 꽂혔고 봉인이 세 종류 전부 발동되었다.

그런 상황에서 만신창이가 된 채 천천히 일어선 만티코어.

"전부 다 봉인당했어! 다들 회피에 전념해! 산개!"

타쿠가 소리친 다음에 나와 타쿠가 토벽 뒤에서 뛰쳐나왔고, 그 직후에 만티코어의 앞다리에 토벽이 박살 났다.

뮤우와 세이 누나도 바닥에 꽂힌 가시 장애물을 지그재그로 피하며 달려갔다.

만티코어는 그렇게 움직이는 우리를 노리기 위해 앞다리를 휘둘러서 근처에 꽂혀 있던 가시 장애물을 파괴하고 사슬을 휘둘러 멀리 있던 뮤우와 세이 누나를 공격했다.

"꺄악?!"

부서져 날아간 가시 파편이 세이 누나에게 맞은 데다, 만티코어가 휘두른 사슬이 일으킨 풍압으로 인해 세이 누나가 엉덩방아를 찧었다. 그 순간, 날아든 앞다리가 세이 누나를 덮치려 했지만, 내 반대쪽에서 달려가던 타쿠가 세이 누나를 들어 올리는 듯이 어깨에 들쳐 메고 공격을 피했다.

"잠깐, 타쿠 군! 이 자세는 창피해!"

"조금만 참아요! 세이 씨!"

타쿠는 세이 누나를 받치기 위해 오른쪽 장검을 칼집에 넣고 왼쪽 장검 한 자루로 날아드는 가시 파편을 막아내고 있었다.

"크, 이건 좀 힘드네."

"타쿠 군!"

"괜찮으니까 혀를 깨물지 마세요!"

타쿠는 세이 누나를 들쳐 멘 채 뛰어가며 피했지만, 대미지가 계속 축적되고 있었다.

반격할 수단과 회복할 수단이 봉인되었기에 지금은 그저 도망치면서 기회가 오기를 기다릴 수밖에 없었던 것이다.

그때, 모든 봉인 벽화가 깜빡이기 시작했고, 그 간격이 서서히 짧아졌다.

우리는 그 때를 대비해 무기를 겨누었다.

그리고 봉인이 풀린 순간──.

"타쿠 씨, 방사열선이 와요!"

목 안쪽에 붉은 빛을 모으기 시작한 만티코어.

역시 발광 모드라서 그런지 큰 기술을 연달아 날리는구나, 그렇게 생각하며 감탄했고, 만티코어가 방사열선을 날리기도 전에 우리가 공격을 날렸다.

"──《궁기 · 단발꿰기》!"

"——《메일 슈트롬》!"

나는 가장 빠른 공격을 날렸고, 뮤우는 단숨에 거리를 좁히며 만티코어를 옆에서 베었다.

그리고 세이 누나는 만티코어의 머리를 안에 가두려는 듯이 내부에서 소용돌이치는 거대한 물의 구체를 만들어냈다.

"——《파워 웨이브》!"

머리가 물의 구체로 뒤덮이자 입과 코에 물이 들어가 목 안쪽에 방사열선의 붉은 빛을 모으지 못하게 된 만티코어는 고통으로 인해 아무렇게나 양쪽 앞다리를 휘두르며 날뛰기 시작했다.

나는 만티코어에게서 거리를 벌리면서도 아츠를 사용한 사격을 멈추지 않았고, 뮤우는 가벼운 움직임으로 제대로 노리지 못하는 만티코어의 공격을 피해나갔다.

그리고 타쿠는——.

"윤, 나한테 지원마법을 최대한 걸어줘!"

"알았어! 《인챈트》—— 어택, 스피드! 《엘레멘트 인챈트》—— 웨폰!"

타쿠는 장검 두 자루를 겨누며 만티코어에게 다가갔다.

머리가 물의 구체로 뒤덮인 채 공기를 부글부글 내뿜으면서 날뛰고 있던 만티코어의 양쪽 앞다리를 타쿠가 장검으로 두 번, 세 번, 거친 소리를 내며 튕겨냈다.

물로 인한 질식 때문에 만티코어의 HP가 점점 깎여나가던 와중에 물의 구체 안에 있던 만티코어의 눈이 타쿠를 바라보았고, 만티코어가 뒷다리로 일어선 뒤 양쪽 앞다리를 높이 들어올렸다.

타쿠를 짓밟기 위해 내려친 앞다리를 향해 타쿠가 최대 화력을 날렸다.

"마지막은 화려하게 끝내주지── 《샤프 엣지》, 《레조넌스 소드》!"

검 계열 보조스킬인가? 첫 번째 스킬은 자기 강화 계열 스킬이라고 예상할 수 있었는데, 두 번째 스킬의 효과를 보고 깜짝 놀랐다.

장검 두 자루가 공명하기 시작했고, 미세한 진동을 반복하기 시작한 것이다.

그리고 만티코어가 내려친 앞다리에 부딪히려는 듯이 타쿠가 장검 한 자루를 아래쪽에서 쳐올리자 만티코어의 발목 아랫부분이 싹둑 잘려나갔다.

그리고 다른 한쪽 앞다리도 마찬가지로 공명하는 칼날이 발끝을 잘라냈다.

털썩, 바닥에 발목이 떨어지는 묵직한 소리가 울리는 와중에 타쿠는 공명하는 날카로운 칼날을 들어 올리고 마무리 일격을 날렸다.

"적의 HP가 낮을수록 위력이 강해지는 아츠를 시험해볼까── 《데스 브링어》!"

새까맣게 물든 칼날이 거대한 짐승의 몸을 내달리며 남아

있던 만티코어의 HP를 전부 도려냈다.

여러 스킬과 아츠로 인해 강화된 타쿠의 마지막 일격은 만티코어에게 죽음을 가져다주었고, 그와 동시에 이 퀘스트의 끝을 가져다주었다.

――특수 퀘스트 [센스 확장 · 세 개의 시련]을 달성하였습니다.

우리는 알림이 뜬 것과 빛의 입자가 되어 서서히 사라지기 시작한 만티코어를 바라보며 퀘스트의 달성감과 피로에 몸을 맡겼다.

종장 확장 센스와 신규 센스

"해냈다! 해냈어!"

뮤우는 가장 가까이 있던 세이 누나에게 달려가서 그대로 껴안았다. 세이 누나는 그런 뮤우를 살며시 안아주었다.

한편 타쿠는 만티코어를 해치운 여운에 혼자 젖어 있었고, 나는 전투의 피로로 인해 그 자리에 주저앉아버렸다.

"에휴, 정말. 이번에는 내 수법이 많이 막혔지."

[도구 봉인]으로 인해 활 계열 센스 공격이 봉인되었고, 만티코어의 스테이터스와 특성으로 인해 약체화, 상태이상이 거의 통하지 않았다.

그리고 내 레벨 정도의 마법으로는 큰 대미지를 입힐 수 없었고, 좀 전에 [황제무지벌레]와 전투를 벌일 때 매직 젬을 대량으로 사용했기에 공격 계열 아이템도 부족했다.

최근에는 연달아 전투를 벌였기 때문에 전체적으로 아이템 준비가 소홀했으니, 생산직으로서 한심할 뿐이다.

"반성할 점이 많은데."

"그래도 퀘스트는 클리어했잖아. 우선, 고생했어."

전투가 끝난 뒤 여운에 젖어 있던 타쿠가 주저앉아 있던 내게 다가와 손바닥을 살짝 들어보였기에, 나는 그 손바닥에 하이파이브를 했다.

"그건 그렇고 부위 파괴한 꼬리가 폭발할 줄은 몰랐지."

전투 중에 [봉인의 방]의 봉인을 쓰지 못하게 할 수 있을 줄 알았는데 그 직후에 폭발이 발생하고 모든 종류의 봉인이 발동했을 때는 깜짝 놀랐다며 쓴웃음을 짓는 타쿠.

나는 이제 두 번 다시 [봉인] 계열 스킬을 지닌 적 MOB을 상대하고 싶지 않다고 생각했지만, 앞으로도 계속 OSO를 한다면 비슷한 적과 만날지도 모른다는 걸 명심해두어야겠다.

"윤 언니, 우울한 표정 짓지 마! 퀘스트가 진행될 거야!"

세이 누나를 껴안고 있던 뮤우는 주저앉아 있던 내 앞에서서 두 손을 끌어당기며 일으켜세우려 했다.

하긴, 퀘스트가 달성되기는 했지만 마지막 연출까지 즐겨야 진짜 끝나는 거지.

우리는 만티코어와 전투를 벌였던 넓은 방 가운데에 서서 계속 깜빡이고 있던 벽화 세 장을 올려다보았다.

각 벽화는 점점 색이 진해졌고, 그려져 있던 그림이 서서히 선명해졌다.

그것은 여러 가지 상황에 처한 여신의 그림이었고, 각자 차례대로 여자 목소리로 우리에게 말을 걸었다.

——『용감한 자여』, 『힘을 갖춘 자여』, 『하나의 한계에 도전한 자여』

——『그대들은 새로운 기쁨과 마주할 것이다』, 『그대들은 새로운 만남을 하게 될 것이다』, 『그대들은 새로운 고난을 겪게 될 것이다』

『――――그대들의 도움이 될 하나의 축복을!』

겹쳐진 목소리와 함께 우리 메뉴가 자동으로 떴다.

소지 SP 15

[활 Lv54] [장궁 Lv37] [마궁 Lv20] [하늘의 눈 Lv20]

[간파 Lv33] [준족 Lv25] [마도 Lv26] [대지속성 재능 Lv7]

[부가술 Lv49] [물리공격 상승 Lv18] [센스 미장비]

대기

[조약사 Lv14] [연금 Lv46] [합성 Lv46] [조금 Lv28]

[조교 Lv33] [생산직의 소양 Lv10] [요리인 Lv15] [수영 Lv18]

[언어학 Lv25] [등산 Lv21] [신체내성 Lv5] [정신내성 Lv4]

[선제의 소양 Lv11] [급소의 소양 Lv10]

알림

· New : 제11센스가 개방되었습니다.

· New : 제11센스 장비칸 취득 보너스로 인해, SP 소비 없이 센스 하나를 취득 가능.

나는 센스 스테이터스와 알림을 확인하면서 뮤우에게 물

어보았다.

"이 센스 장비칸 취득 보너스라는 건 뭐야?"

"음~. 공짜라는 거 아닐까? 나는 더 팔라딘에 가까워질 수 있을 것 같은 센스랑 교환해야지."

"새로 센스를 취득할 생각이 없는 플레이어에게 센스를 취득시키기 위해서 아닐까? 나도 고민이 되네."

"뭐, 언제든 교환할 수 있는 것 같으니까 당장 정하지 않아도 되는 거 아닌가?"

타쿠는 그렇게 말했지만, 나는 메뉴의 취득 가능한 센스 일람 개요를 확인하면서 계속 다른 사람들의 이야기에 귀를 기울였다.

뮤우는 전부터 눈독을 들이고 있었던 센스 조합에 대해 이야기하기 시작했고, 세이 누나는 제11센스를 새로 취득할 센스까지 포함해서 낮은 레벨 센스를 키우는 칸으로 사용할 생각인 모양이었다.

타쿠는 순수하게 현재 플레이 스타일을 강하게 만들기 위해 스테이터스 상승 계열 센스나 검 계열 센스를 중첩시켜서 장비할 생각인 모양이었다.

나는 세 사람이 각자 다른 센스를 사용한다는 것에 감탄하면서 센스 장비칸이 하나 늘어났기에 여러 가지 조합이 가능해졌다는 것이 기뻤다.

"나는 어떤 센스를 취득해야 할까."

할 수 있다면 이번 만티코어전의 반성점을 살릴 수 있는 센스를 취득하고 싶다.

아이템이 봉인된 상황에 공격을 할 수 있고, 그러면서도 나답게 아이템이나 오브젝트를 움직여서 활용할 수 있는 센스다.

그런 센스가 있다면 지금까지 내 투척 범위 안에만 닿았던 포션과 매직 젬의 사정거리가 늘어나고, 급하게 피하는 것도 가능할지 모른다.

"좋아, 나는 이 센스로 정했어!"

나는 신규 센스로 [염동] 센스를 취득하고 다른 사람들에게 메뉴를 보여주었다.

그것을 본 뮤우와 세이 누나의 표정이 얼어붙었고, 타쿠는 이마에 손을 살짝 대고 천장을 올려다보았다.

혹시 또 일을 저지른 건가? ……그렇게 마음속으로 식은 땀을 흘리고 있었는데——.

"윤 오빠는 바보야!"

아, 왠지 뮤우가 매우 정겨운 말을 한 것 같다.

"왜 또 [염동] 같은 쓰레기 센스를 고른 거야!"

"여, 역시……."

다른 사람들의 반응을 보고 예상은 하고 있었지만, 직접 그런 말을 들으니 역시 약간 상처를 입었다.

내가 울상을 지으며 세이 누나에게 도움을 요청하자, 세이 누나는 곤란하다는 듯이 힘없는 표정을 지으며 설명해주었다.

"저기, [염동] 센스는 초능력처럼 보이지만 움직일 수 있는 무게와 움직일 수 있는 범위가 정해져 있어서 레벨이 낮은 단계에서는 자신의 주위 근처에만 센스 효과가 발휘되거든. 그리고 조작이 어려워."

"저기…… 그러니까?"

"그러니까 [염동] 스킬 같은 걸 쓰지 말고 그냥 두들겨 패는 게 더 빠르다는 뜻이지."

타쿠가 알기 쉽게 설명해주었고, 나는 힘없이 무릎을 꿇었다.

"그, 그다지 써먹을 방법은 별로 없긴 하지만 여러 가지 센스와 조합하면 괜찮을 거야. 아마도……."

그렇게 말하고 눈을 이리저리 움직이면서도 위로해주는 세이 누나.

"됐어. 키우면 분명 [부가] 센스처럼 강해질 거야. 끝까지 키우면 분명히 모두를 지원해줄 수 있을 거라고. 그러니까 나는 처음부터 지원 담당에 전념하겠어."

"뭐, 레벨을 올리면 MP를 양도하는 《트랜스퍼》라는 스킬도 배울 수 있는 모양이니까."

"타쿠, 그게 정말이야?!"

그렇다면 제2의 회복요원이 될 수 있겠다, 나는 그런 기대를 품었지만, 뮤우의 싸늘한 목소리를 듣고 현실을 깨닫게 되었다.

"하지만 MP를 양도할 때 손실되는 양이 커서 그냥 MP 회복 아이템을 쓰는 게 낫지."

뮤우가 그렇게 말하자, 축 처진 내 머리를 세이 누나가 쓰다듬으며 위로해주었다.

"괜찮아. 윤은 하면 할 수 있는 아이니까."

"정말, 윤 언니도 참. 그렇게 상심하지 마! 이 이야기는 이제 끝! 모처럼 센스 확장 퀘스트를 클리어했으니까 맛있는 거라도 먹으러 가는 게 어때?"

"그래. 그리고 세이 씨가 하숙집으로 돌아가려면 아직 시간이 남았으니까 모두 함께 할 수 있는 것들을 이야기해보자고!"

뮤우와 타쿠가 밝은 목소리로 말했다.

"그래. 이미 정해버렸으니까 긍정적으로 생각해야겠지."

우리는 그렇게 지하에 있는 [봉인의 방]에서 나온 다음 로그아웃한 뒤에 현실에서 퀘스트 클리어 기념 뒷풀이를 했다.

●

그 뒤로 참 힘들었다.

현실에서는 뮤우의 부탁으로 세이 누나와 함께 쇼핑을 하거나, 타쿠를 식사에 초대해서 게임 대회를 열었고――.

OSO에서는 길드 [팔백만]의 신년회에 초대받거나, 새로 업데이트된 퀘스트와 적 MOB과 전투를 벌이면서 시간을 보냈다.

그리고 동료들과 즐겁게 떠들며 논 뒤에는 뮤우와 세이 누나, 그리고 부모님과 함께 하루 종일 가족끼리 느긋하게 새해 연휴를 보냈다.

그리고 세이 누나가 하숙집으로 돌아가는 날, 타쿠와 가족 모두가 세이 누나를 배웅하러 갔을 때, 뮤우가 떼를 써서 곤란했던 것까지 포함해서 여러 가지 일들이 있었는데——.

"윤, 다녀왔어!"

"세이 누나, 어서 와. 무사히 도착한 모양이네."

"세이 언니, 어서 와~. 보고 싶었어!"

"정말, 뮤우도 참."

우리가 지금 있는 곳은 [아트리엘] 옆에 지은 유리 하우스 안이었다.

아직 유리 하우스 인테리어에는 손을 대지 않았고, 테이블과 의자를 마련해 쉴 수 있게끔 해두었을 뿐이다.

"바로 모험하러 갈 거야?"

"음~. 언니는 오늘 좀 피곤해서. 다음에 가자."

뮤우는 곤란하다는 듯이 미소를 지은 세이 누나를 껴안고 올려다보며 불만이라는 듯이 투덜댔지만, 곧바로 마음을 다잡았는지 세이 누나에게서 떨어졌다.

"금방 다시 같이 모험하러 갈 기회가 오겠지?"

"그래. 로그인 타이밍을 좀 맞추기 힘들어졌을 뿐이니까."

세이 누나는 그렇게 말하고 나서 테이블에 마련해 두었던 과자를 집고 이야기를 나누기 시작했다.

뮤우는 각자 집안 사정 때문에 새해 연휴 때 로그인하지 못했던 루카토 일행과 모험하러 갈 예정이었던 모양이고, 타쿠는 조만간 간츠 일행과 모여서 센스 확장 퀘스트를 다시 한 번 할 예정인 모양이었다.

세이 누나도 길드 쪽에서 이것저것 기획하고 있는 것 같았기에, 나는 나름대로 내가 즐길 수 있는 것을 찾아볼 생각이었다.

그리고 다음에 다시 모두 모였을 때, 그런 이야기를 하면서 차를 마시는 것도 괜찮을 것 같았다.

──스테이터스──

NAME : 윤

무기 : 검은 소녀의 장궁, 볼프 사령관의 장궁

보조무기 : 마기 씨의 식칼, 고기 써는 식칼 중흑, 해체식칼 창무

방어구 : CS No.6 오커 크리에이터 (하복, 동복)

액세서리 장비 한계 용량 (2/10)

· 페어리 링 (1)

· 대신하는 보옥의 반지 (1)

소지 SP 15

[활 Lv54] [장궁 Lv37] [마궁 Lv20] [하늘의 눈 Lv20]
[간파 Lv33] [준족 Lv25] [마도 Lv26] [대지속성 재능 Lv7]
[부가술 Lv49] [물리공격 상승 Lv18] [염동 Lv1]

대기
[조약사 Lv15] [연금 Lv46] [합성 Lv46] [조금 Lv28]
[조교 Lv33] [생산직의 소양 Lv10] [요리인 Lv15] [수영 Lv18]
[언어학 Lv25] [등산 Lv21] [신체내성 Lv5] [정신내성 Lv4]
[선제의 소양 Lv11] [급소의 소양 Lv10]

새해의 성과――
· 결정주의 부적을 구입
· 솜씨가 좋은 대장장이 NPC를 발견
· 아이템 [액막이 결계 조각]을 레시피에 등록
· 대형 어선의 제조 의뢰를 중개
· 제11센스 장비칸 해방

후기

처음 뵙는 분, 오랜만에 뵙는 분, 안녕하세요. 아로하자초입니다.

이 책을 읽어주신 분, 담당 편집자인 O씨, 작품에 멋진 일러스트를 준비해주신 유키상 님, 그리고 출판되기 전부터 인터넷으로 제 작품을 봐주신 분들께 감사드립니다. 현재 OSO 시리즈는 드래곤 매거진에서 외전인 백은의 여신, 드래곤 에이지에서 하니쿠라운 님이 그리시는 코이컬라이즈 버전이 연재되고 있습니다. 즐겁고 귀여운 만화판 윤 일행의 활약과 본편에서는 묘사되지 않았던 뮤우 일행의 귀여운 모습, 멋진 활약을 볼 수 있습니다. 부디 봐주셨으면 합니다.

이번 11권의 내용은 Web 버전을 다시 편집한 부분과 가필하여 새로 쓴 내용입니다.

새로 쓴 비룡산맥의 채취 퀘스트, 한동안 방치해두었던 그랜드 록의 체내 던전이 다시 나왔고 그 안에서 만난 NPC, 처음 등장한 북쪽 마을의 존재 등, 여러 가지 소재를 담당 편집자인 O씨와 전화 너머로 회의를 하며 조금씩 정해나갔습니다.

밤늦게 여러 모로 상담을 받아주신 O 씨께 감사드립니다.

그렇게 O 씨와 회의를 하던 도중에 역시 시리즈가 열한 권이나 나오다 보니 OSO의 무대인 마을과 필드, 던전의 위치관계를 잘 이해할 수 없겠다 싶어서 간단한 지도를 만들게 되었습니다.

실제로 만들어보니 뜻밖에도 그 간단한 지도에 공백 지역이 생겼습니다. 저 스스로는 균형 있게 이벤트와 세계관을 함께 펼쳐나갔다고 생각했습니다만, 내용을 만들 때 한쪽으로 치우쳐 있었다는 사실을 깨닫게 되었습니다.

O 씨와 회의를 하면서 새로운 필드 디자인 등의 아이디어를 주고받았기 때문에 다음 권쯤에는 지도를 공개할 수 있을 것 같습니다.

앞으로도 저, 아로하자초를 잘 부탁드립니다.

마지막으로 이 책을 읽어주신 독자 여러분께 다시 감사의 말씀 드립니다.

다시 여러분을 만나게 될 날을 기대하겠습니다.

2016년 12월 아로하자초

역자 후기

안녕하세요. 천선필입니다.

이번 온리 센스 온라인 11권, 재미있게 읽으셨는지 모르겠습니다.

이 시리즈의 경우 본편인 온리 센스 온라인 1권부터 10권까지, 그리고 외전인 백은의 여신 1권을 한신남 님께서 맡고 계셨으나 여러 가지 사정으로 인해 이미 출판되고 있는 만화, 이번 본편 11권부터, 그리고 외전 2권부터, 이렇게 전부 다 제가 맡게 되었습니다.

다른 분께서 맡고 계시던 작품을 이어받아서 진행하는 경우가 드문 케이스는 아닙니다만, 그 과정에서 표현이 달라지는 이유 등으로 인해 독자분들이 혼란스러워하는 경우가 생기곤 하기에 번역을 함에 있어서 매우 조심스러운 것도 사실입니다.

그나마 한신남 님께서 작업하신 내용 등을 담당 편집자분께서 꼼꼼히 챙겨주신 덕분에 번역 작업에 들어가기 전, 미리 어느 정도 파악하고 준비를 할 수 있었던 것 같습니다. 제가 해야 하는 일, 그리고 가장 신경 써야 할 일은 독자 분들께서 작품을 아무런 장애물 없이 즐길 수 있게끔 글을 옮기는 작업이라 생각합니다. 그래서 독자 여러분께서 만약 이번 권도 즐겁게 읽어주셨다면 정말 기분이 좋을 것 같습니다.

사실 옮긴이가 변경된 것에 대하여 2018년 6월 초에 출판된 백은의 여신 2권 역자 후기에서 미리 말씀드린 바 있습니다만, 이 본편 11권을 먼저 읽으시는 분도 분명히 계실 것 같아 다시 한 번 말씀드리게 된 점 양해 부탁드립니다.

감사의 말씀드리고 후기를 마치려 합니다.
항상 고생이 많으신 담당 편집자분 및 소미미디어 관계자 여러분, 인수인계 과정에서 신경 많이 써주신 점, 감사드립니다.

그리고 독자 여러분, 항상 그렇지만 제가 이렇게 번역을 마치고 후기를 쓸 수 있는 것도 독자 여러분 덕분이라 생각합니다. 진심으로 감사드립니다.

항상 건강하시고 행복한 하루 보내시길 바랍니다.
감사합니다.

천선필

온리 센스 온라인 11

2018년 7월 8일 1판 1쇄 인쇄
2018년 7월 15일 1판 1쇄 발행

저 자 아로하자초
일러스트 유키상
옮 긴 이 천선필
발 행 인 유재옥
본 부 장 조병권
담당편집자 김민지
편 집 강혜린 김다솜 김민지 김혜주 이문영 박은정 박상엽 정영길 조찬희
라이츠담당 박선희 오유진
디 지 털 최민성 박지혜
발 행 처 ㈜소미미디어
등 록 제2015-000008호
주 소 서울시 마포구 토정로222, 403호(신수동, 한국출판콘텐츠센터)
판 매 ㈜소미미디어
마 케 팅 한민지 이모토 요코
전 화 편집부 (070)4164-3962, 3963 기획실 (02)567-3388
판매 및 마케팅 (070)4165-6888, Fax (02)322-7665

ISBN 979-11-6190-652-2
ISBN 979-11-5710-083-5 (세트)